무당패왕 2

2023년 5월 9일 초판 1쇄 인쇄
2023년 5월 12일 초판 1쇄 발행

지은이 윤신현
발행인 강준규

기획 이기헌 왕소현 박경무 강민구 조익현
책임편집 이정규
마케팅지원 이원선

발행처 (주)로크미디어
출판등록 2003년 3월 24일
주소 서울시 마포구 마포대로 45 일진빌딩 6층
Tel (02)3273-5135 Fax (02)3273-5134
홈페이지 rokmedia.com **E-mail** rokmedia@empas.com

윤신현 신무협 장편소설

2

武當霸王

무당
패왕

ROK
MEDIA

로크미디어

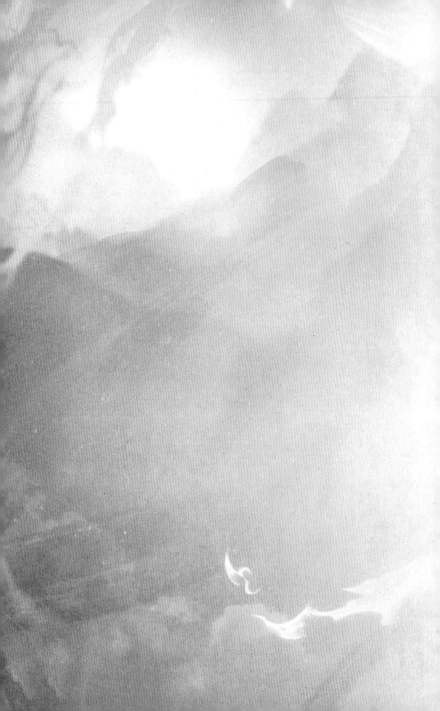

차례

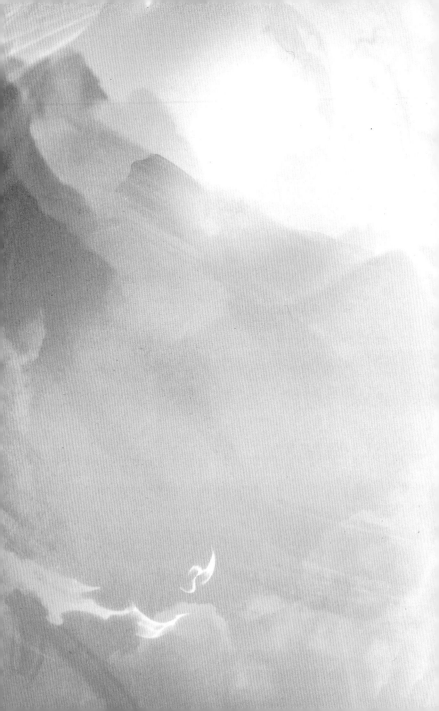

제10장 까불면 돼진다

"여기에 있는 것 자체가 싫잖아? 그러니까 돌아가라고."

"사백조께서 지시하셨습니다만."

원호로서는 바라 마지않던 말이었으나 중요한 건 지시를 내린 사람이었다.

눈앞에 앉아 있는 유하성보다 그에게 직접 지시한 이의 신분이 훨씬 높았기에 원호는 어쩔 수 없다는 듯이 말했다.

물론 고분고분하지 않은 태도로 말이다.

"내가 보냈다고 하면 된다."

"그걸 말이라고 하시는 겁니까? 저희를 보낸 분이 누구신지 아실 텐데요."

원호의 시선이 유하성이 들고 있는 서신으로 향했다.

하지만 그 눈빛에도 유하성은 피식 웃었다.

"설마 내가 그걸 모를까. 그래도 되니까 하는 말이다. 너로서도 나쁘지 않을 텐데? 아니면 말귀를 못 알아듣는 건가? 내가 뒷감당을 해 준다고. 그러니 본산으로 돌아가라는 거다."

"제가 그걸 못 알아듣겠습니까!"

순간 원호가 버럭 소리를 질렀다.

흥분해서 큰소리를 내고 말았던 것이다.

그 모습에 유하성의 눈빛이 싸늘해졌다.

"야."

"보아하니 속가제자 따위를 보필하라고 해서 심기가 불편한 거 같은데, 그건 나도 마찬가지다. 그러니까 둘 다 돌아가라. 사백께는 내 따로 말을 전할 테니까."

싸늘하다 못해 냉기가 풀풀 날리는 유하성의 눈빛과 말투에 원상이 마른침을 삼켰다.

천지 분간 못 하고 제 잘난 맛에 살아가는 원호와 달리 원상은 따로 들은 게 있었다.

그렇기에 유하성에게 무조건 붙어 있어야 했다.

지시받은 내용이 바로 그것이기도 했고.

"책임질 수 있습니까?"

"당연히. 그러니까 이렇게 말하겠지?"

"만약 책임지지 못하면요?"

원호가 다시 한번 물었다.

속가제자의 말을 어떻게 믿냐는 듯이 말이다.

항렬은 그보다 위였으나 유하성의 존재는 무당파에 전혀 알려지지 않았다.

이번 일이 아니었다면 그 역시 앞으로도 몰랐을 테고.

그래서 원호는 어이가 없었다.

다른 이도 아니고 그분의 지시를 아무렇지 않게 거부할 수 있다는 태도가 말이다.

"증명할 방법은 없지만, 쫓아낼 방법은 있지."

"자신 있으십니까?"

"시끄럽고 나와."

무슨 말을 해도 받아들이지 않을 걸 알았기에 유하성은 자리에서 일어났다.

나가지 않겠다면 쫓아내면 될 일이었다.

항렬도 자신이 위이니 문제 될 거 없었고 말이다.

'물론 저 녀석 역시 같은 생각이겠지.'

유하성은 원호의 생각이 훤히 보였다.

하지만 그 뜻대로 해 줄 생각은 전혀 없었다.

"어? 어어?"

갑작스러운 상황에 백기룡이 정신을 차리지 못하는 것과 다르게 원상은 빠르게 유하성에게 다가왔다.

귀를 닫고 있는 원호와 달리 그는 유하성에 대해 어느 정도 알고 있었기에 결과가 어떻게 될지 또한 알고 있었다.

"사숙, 저는 남고 싶습니다."

"너, 뭔가 알고 있구나?"

휘적휘적 걸어가던 유하성이 재미있다는 표정을 지었다.

처음부터 느끼긴 했지만 이번 말로 그는 확신할 수 있었다.

아무것도 모르는 원호와 달리 원상은 자신에 대해서 알고 있다고 말이다.

"예. 그러니 남는 걸 허락해 주십시오."

"글쎄."

원호와 달리 원상은 납작 엎드리듯이 말했으나 그렇다고 받아들일 생각은 없었다.

보좌하는 이들이 있으면 편하겠지만 꼭 반드시 필요한 건 아니었다.

지금껏 혼자서 잘 지내기도 했고 말이다.

게다가 어떻게 보면 감시하는 것이나 마찬가지였기에 기분이 썩 좋지 않았다.

"저 녀석은 몰라도 저는 쫓겨나면 정말 큰일 납니다."

"그건 네 사정이고."

"사숙."

원상이 간절하게 불렀다.

하지만 유하성은 그러거나 말거나 신경 쓰지 않았다.

이렇게 하는 게 다 무당파를 위해서임을 잘 알아서였다.

어떤 이는 챙겨 주는 것이라고 생각하겠지만 유하성은 조금 달랐다.

"여기가 좋겠군."

"지금이라도 늦지 않았습니다, 사숙."

"한번 뱉어진 말은 거둘 수 없지."

자신만만한 얼굴로 연무장의 한가운데에 서 있는 원호를 보며 유하성이 씨익 웃었다.

지금은 서로 웃고 있지만 조금 뒤에는 한 명이 울고 있을 터였다.

"나 안 말리냐?"

"네가 말리면 들을 성격이냐?"

"역시 넌 내 친구다."

"누구 마음대로."

평소였다면 무슨 수를 써서라도 말렸을 원상이 가만히 있자 원호는 의아했다.

유하성이 먼저 시작하기는 했으나 그렇다고 가만히 지켜볼 만한 일은 아니어서였다.

그러나 원호는 이내 그 생각을 지워 버렸다.

대신 눈앞에 있는 유하성을 어떻게 하면 상처 없이 제압할 수 있을지에 대해서 생각했다.

'아무리 그래도 사숙이니까.'

명천의 특명을 원호는 잊지 않았다.

하지만 그렇다고 무조건 유하성을 받들 생각은 없었다.

존중은 해 주겠으나 한 가지는 확실하게 짚고 넘어갈 생각이었다.

자신을 함부로 대하지 못하도록 말이다.

'그래야 앞으로의 일이 편해질 테고 말이지.'

원호는 아무리 명천의 특명이라지만 이 벽촌에 오래 머무르고 싶은 마음이 없었다.

복주가 복건성의 성도라고 하나 그래 봤자 변방무림이었다.

자고로 사내대장부는 큰물에서 놀아야 하는 법인 만큼 원호는 중원으로 돌아가고 싶었다.

"준비는 다 됐나?"

"물론입니다."

"그럼 바로 시작하자고."

"알겠습니다."

"사숙으로서 오 초를 양보해 주지."

유하성의 말에 원호가 비릿하게 웃었다.

꼴에 사숙이라고 체면을 차리려는 것 같아서였다.

그렇지만 거절할 수는 없었다.

보는 눈이 많았기에 원호는 비릿하게 웃으며 고개를 까딱였다.

"감사합니다."

"와."

누가 봐도 건들거리는 기색이 완연했지만 유하성의 표정은 변화가 없었다.

어쨌든 결과가 말해 줄 것이기 때문이었다.

"그럼 가겠습니다."

쉬아아악!

무심한 유하성의 표정에 원호가 조소를 머금으며 검을 뽑았다.

그러고는 그를 향해 대충 다섯 번 휘둘렀다.

유하성의 양보 따위는 전혀 필요 없다는 듯이 건성으로 검을 휘두른 것이었다.

그 광경에 백기룡은 헛웃음을 흘렸고 원상은 고개를 저었다.

쌔애액!

자신의 행동이 무엇을 뜻하는지 모르지 않을 텐데도 아무런 변화도 없이 가만히 서 있는 유하성을 향해 원호가 검을 찔렀다.

자신만만한 표정을 지으며 무당파의 대표적인 검공 중 하나인 현허칠성검법(玄虛七星劍法)을 펼쳤다.

그러자 현묘한 움직임과 함께 매서운 기세가 일어나 유하성을 압박했다.

'얼마나 버티는지 볼까.'

원호의 입가가 비틀렸다.

사실 그는 유하성이 마음에 들지 않았다.

고작 속가제자에게 그가 존경하는 명천이 관심을 가진다는 게 이해가 되지 않아서였다.

물론 사제의 제자이기에 신경이 쓰일 수는 있으나 자신과 원상을 붙여 줄 정도의 인물은 절대 아니었다.

무당파에 있어 중요한 인재라면 챙기는 게 맞았다.

하지만 그가 본 유하성은 인재라고 보기 힘들었다.

따아아앙!

더욱이 자신은 일대제자 중에서도 대사형을 제외하면 다섯 손가락 안에 들어가는 실력자였다.

같이 온 원상 역시 마찬가지였고.

그렇기에 원호는 비록 극성으로 현허칠성검법을 펼치지 않았다고 해도 이번 공격으로 승부가 결판날 거라고 생각했다.

한데 그때 청량한 충돌음과 함께 손목이 시큰거렸다.

"흡!"

손목을 타고 올라오는 고통에 원호의 얼굴 가득 당혹스러움이 떠올랐다.

하지만 당황하지는 않았다.

그러기에는 지금껏 쌓아 온 경험이 적지 않아서였다.

예상외의 충격이기는 하나 그렇다고 정신을 놓지는 않았다.

쉬이익!

튕겨져 나가는 검의 힘을 그대로 이용해 원호가 춤을 추듯 움직였다.

자연스럽게 보법을 밟으며 재차 유하성을 향해 검을 휘둘렀던 것이다.

따앙! 따아앙!

그러나 유하성은 맹렬하게 쇄도하는 검세에도 천년거석처럼 제자리를 굳건히 지켰다.

석상처럼 미동도 없이 쏟아지는 원호의 검격을 모조리 튕겨 냈다.

마치 피할 수 있음에도 절대 그렇게 하지 않겠다는 듯이 두 다리는 움직이지 않고 두 팔만 휘둘렀다.

"흐읍!"

그런데 신기한 건 태극권의 묘리를 담고 있는 듯한 그 움직임에 원호의 검이 번번이 막힌다는 점이었다.

심지어 원호가 펼치는 검법은 평범한 검법도 아니고 무당파가 자랑하고 무림이 인정하는 상승절학이었다.

무당파의 제자라고 모두 익힐 수 있는 검공이 아닌, 재능이 있는 이들만 선택받아 배울 수 있는 무공이 현허칠성검법이었다.

한데 그런 현허칠성검법을 처음 생각한 것과 달리 극성으로 펼치고 있음에도 유하성의 발을 한 발짝도 움직이게 만들지 못했다.

으득!

그 모습에 원호의 표정이 일변했다.

자신만만하던 표정이 사라지고 이를 악물었다.

그러고는 전력을 다해 현허칠성검법을 펼쳤다.

비록 대성을 이루지는 못했지만 그렇다고 그의 성취가 낮은 건 절대 아니었다.

터어엉!

하지만 서릿발 같은 검기가 짙게 서려 있는 검격에도 유하성은 꼼짝도 하지 않았다.

원호의 파상공세에도 시종일관 여유로운 표정으로 파고드는 검격들을 모조리 튕겨 냈다.

그것도 그의 조소와 비아냥거림을 알았음에도 한마디도 하지 않았다.

그저 무심한 눈빛으로 그를 응시하기만 했다.

"이익!"

마치 네가 무슨 짓을 해도 결과는 달라지지 않을 거라고 말하는 듯한 유하성의 눈빛에 원호가 결국 폭발했다.

별거 아니라고 생각했던 유하성에게 속절없이 밀리자 더는 참을 수가 없었던 것이다.

웅웅웅!

반듯했던 검기가 원호의 감정에 따라 불꽃처럼 일렁였다.

그뿐만 아니라 이내 압축돼서는 강사(罡絲)를 이루었다.

놀랍게도 약관의 나이에 초일류의 경지를 보여 주었던 것이다.

심지어 가까스로 펼친 게 아니라 실전에서 펼쳤기에 지켜보던 백기룡은 두 눈을 부릅떴다.

쩌어엉!

그러나 강사를 뿌리는 검격으로도 원호는 유하성을 움직이게 만들지 못했다.

아니, 오히려 유하성은 강사 역시 튕겨 냈다.

권기가 서리지 않은 맨주먹으로 어렵지 않게 원호의 강사를 받아쳤던 것이다.

쌔애애액!

하지만 원호도 만만치 않았다.

이대로는 절대 물러나지 않겠다는 듯이 공력을 가일층 끌어올리며 검세를 일으켰다.

비무가 아니라 죽기 아니면 까무러치기라는 듯이 혼신의 힘을 다해 현허칠성검법을 펼쳤던 것이다.

그런데 상대가 너무 나빴다.

터엉! 텅!

현허칠성검법은 분명 뛰어난 무공이었다.

괜히 무당파를 대표하는 검공 중 하나가 아니었다.

다만 현허칠성검법 역시 태극권에서 파생된 무공이었다.

그렇기에 유하성은 현허칠성검법의 구결과 검로는 모르지만 어떻게 움직일 것인지는 훤히 보였다.

'태극혜검도 이런 느낌이려나.'

유하성이 무심한 눈으로 잔뜩 흥분한 원호를 쳐다봤다.

무시했던 자신에게 모든 공격이 통하지 않자 잔뜩 골이 난 표정이었다.

하지만 그렇기에 더더욱 유하성은 적당히 할 생각이 없었다.

단순히 비무였다면 적당히 어울려 주며 한 수 정도는 가르침을 내려 줬겠지만 원호는 처음부터 선을 넘었다.

스르륵.

물론 명천이 어째서 원호를 보냈는지는 알았다.

짤막하게 원호에 대해서 적어 놓기도 했고.

그러나 유하성이 명천의 말에 곧이곧대로 따를 이유는 없었다.

그렇기에 유하성은 받아치던 것을 끝내고 본격적으로 손을 뻗었다.

"흡!"

뱀의 움직임처럼 영활하게 파고드는 일수에 원호가 기겁했다.

방어만 하던 유하성이 갑자기 공격할 것처럼 움직이자 깜짝 놀란 것이었다.

동시에 그는 깨달았다.

유하성은 지금까지 그저 받아 주고만 있었다는 사실을 말이다.

덥석.

그런데 그걸 너무 늦게 깨달았다.

원호가 자각했을 땐 유하성의 손이 이미 그의 멱살을 잡은 상태였다.

꽈앙!

원호의 멱살을 잡은 유하성은 그대로 잡아당겨서 바닥에 찍어 버렸다.

그가 미처 반응할 새도 없이 말이다.

"컥!"

마빡에서 느껴지는 통렬한 고통에 원호는 머릿속이 새하얗게 변했다.

그런데 놀랍게도 원호는 예상치 못한 일격을 당했음에도 무너지지 않았다.

머리가 새하얗게 변한 상태에서도 검을 휘둘렀던 것이다.

최선의 방어가 공격이란 말을 그대로 보여 준 것이다.

따앙!

물론 시도만 좋았을 뿐이었다.

자세가 멀쩡했을 때도 원호의 검을 가볍게 튕겨 냈던 게 유하성이었다.

한데 지금처럼 시야도 확보되지 못한 상태에서 대충 감으로 휘두른 검에 맞아 줄 리 없었다.

스윽.

"일어나."

가볍게 검을 튕겨 낸 유하성은 더 이상 공격하지 않았다.

대신 뒤로 물러나며 입을 열었다.

이대로 끝낼 수 있었으나 유하성은 그러지 않았다.

이왕 칼을 뽑았으니 제대로 휘두를 생각이었다.

"크윽……!"

"설마 이대로 포기할 건가?"

"아닙니다!"

이마에서 흐르는 피를 닦으며 원호가 우렁차게 소리쳤다.

어찌 보면 승부가 결정된 것처럼 보이겠지만 적어도 그는 그렇게 생각하지 않았다.

한 명이 포기하지 않는 이상 비무는 계속되어야 했다.

이대로 끝내는 건 그의 자존심이 용납하지 않기도 했고 말이다.

"와."

꿀꺽.

처음 비무를 시작했을 때와 마찬가지로 유하성이 무미건

조하게 말했다.

그러나 원호에게 다가오는 느낌은 완전히 달랐다.

처음에는 어쭙잖은 허세라고 생각했는데 지금은 아니었다.

눈앞에 있는 상대는 반박귀진의 고수였다.

'신중하게 해야 해. 절대 내 아래가 아니다.'

이마에서 느껴지는 고통과 함께 모든 감각에 날이 섰다.

절대 경시하지 않고 모든 신경을 집중했던 것이다.

더불어 봐줘야겠다느니 하는 생각은 모조리 지워 버렸다.

오직 눈앞에 서 있는 유하성에게만 집중했다.

"가겠습니다."

파아앗!

대답도 없이 고개만 까딱이는 유하성을 향해 원호가 땅을 박찼다.

그런 그의 검에서는 묵직한 검명이 울리고 있었다.

단전에 있던 모든 공력을 모조리 다 검에 집중한 것이었다.

터어엉! 쩌엉!

하지만 전심전력을 다해 현허칠성검을 펼쳤음에도 결과는 달라지지 않았다.

아니, 오히려 더욱 나빠졌다.

유하성이 현허칠성검의 검로를 다 아는 것처럼 검격을 다 펼치기도 전에 막아 버려서였다.

"으아압!"

한 번도 아니고 계속해서 검로를 비틀어 버리는 유하성의 모습에 원호가 악을 쓰며 마지막까지 아껴 두었던 한 수를 꺼냈다.

공력의 소모가 극심해서 실전에서는 단 한 번밖에 사용할 수 없는 검강을 일으켰던 것이다.

그런데 그 검강마저도 유하성은 주먹으로 부숴 버렸다.

"컥!"

충돌과 함께 산산조각 난 검강에 원호가 피를 토했다.

검강이 부서지며 발생한 충격이 내부를 그대로 강타했기에 내상을 입은 것이었다.

유하성이 적당히 힘 조절을 했기에 심각한 건 아니었으나 승부를 결정짓기에는 충분했다.

부들부들.

그 사실을 증명하듯 가까스로 검을 쥐고서 원호가 비틀거리며 뒷걸음질 쳤다.

하지만 승부는 났어도 비무가 끝난 건 아니었다.

원호는 패배를 시인하지 않았고, 유하성 역시 이대로 끝낼 생각이 없었다.

퍼억!

처음으로 지면에서 발을 뗀 유하성이 움직였다.

비호와 같은 움직임으로 순식간에 간격을 좁힌 유하성은 주먹을 뻗었다.

이 자리에 있는 모두가 알고 있는 태극권을 펼쳤던 것이다.

그러나 무공과 초식을 안다고 해서 다 막을 수 있는 건 아니었다.

"끄으윽!"

복부에 꽂힌 일권에 원호가 신음을 흘렸다.

하지만 이건 시작에 불과했다.

탈탈 털어 주겠다는 듯이 유하성은 무표정한 얼굴로 원호를 두들겼다.

수준의 차이를 몸소 느끼게 만들어 주었던 것이다.

"쯧쯧."

그 모습에 백기륭과 함께 한쪽 구석에서 지켜보던 원상이 혀를 찼다.

하늘 무서운 줄 모르고 날뛰다가 제대로 임자를 만난 것 같아서였다.

그렇다고 유하성이 죽일 기세로 패는 게 아니라 내공을 일절 사용하지 않았기에 원상은 말리지 않았다.

아니, 정확하게는 말릴 마음이 없었다.

"커헉! 켁! 끄윽!"

두 사람의 방관 아닌 방관에 연무장에는 원호의 신음 소리가 오랫동안 울려 퍼졌다.

　기절하고 싶어도 유하성이 허락하지 않았기에 그는 모든 고통을 맨정신인 상태로 온전히 받아 낼 수밖에 없었다.

　이른 아침 원상은 운기조식을 마치고 곧장 옆방으로 향했다.

　아침을 먹기 전 원호의 상태를 살피기 위해서였다.

　"들어간다."

　끼이익.

　말과 동시에 원상은 문을 열었다.

　그러자 침상에서 몸을 반쯤 일으키고서 앉아 있는 원호의 모습이 눈에 들어왔다.

　멍하니 창밖을 바라보는 친구의 모습에 원상은 피식 웃으며 앞으로 다가갔다.

　"네가 이렇게 낙심하는 모습은 처음인데."

　"……약 올릴 거면 가라."

　"걱정돼서 온 거다. 놀릴 거였으면 진즉에 왔지."

　반쪽이 된 얼굴로 쏘아붙이는 원호의 앞에 원상은 의자를 가져와 앉았다.

　그러고는 남의 방에서 익숙하게 차를 우렸다.

　내공을 이용해 물을 데웠던 것이다.

　"네가 내 걱정을?"

"그래도 친구니까?"

"퍽이나."

"그냥 갈까?"

"가라, 좀."

원호가 진심을 담아 말했다.

하지만 원상은 갈 생각이 없었다.

걱정이 되는 건 진심이었다.

"뭘 그렇게 충격을 받아? 세상에 너보다 강자는 수두룩한데. 그렇다고 또래도 아니고. 게다가 당연한 결과인데."

"당연한 결과?"

자신에게 따라 주지도 않고 자기 먼저 차를 들이켜는 원상의 모습에 원호가 고개를 홱 돌렸다.

아무것도 모르는 자신과 달리 원상은 마치 뭔가 아는 투로 말해서였다.

"응. 아주 당연한 결과. 애초에 네가 유 사숙님을 이길 가능성은 전혀 없었어."

"그걸 네가 어떻게 알아?"

"난 따로 들은 게 있으니까. 이동하면서 들은 소문도 있고. 그리고 나만 들은 거 아니다. 너도 들었어."

"내가?"

원호가 그게 무슨 소리냐는 표정으로 반문했다.

맹세코 그는 들은 게 없었다.

"복건성에서 들른 객잔만 두 개다. 두 곳 다 사숙님에 대한 이야기가 나왔었고."

"정말?"

"……너는 무공에 대한 재능 말고는 정말 써먹을 데가 전혀 없어."

원상이 고개를 절레절레 저었다.

주변에 크게 관심이 없는 성격이란 걸 알고는 있었지만 이 정도일 줄은 몰랐다.

그러면서 한편으로는 이해가 되었다.

무식하면 용감하다고 아는 게 없으니 어제처럼 무모하게 들이댔을 터였다.

"알면 좀 말해 주지."

"난 말렸다."

"좀 더 강하게 말렸어야지!"

"그런다고 네가 들어 처먹겠어?"

"들어 처먹게 했어야지!"

적반하장이라고 원호가 되레 큰소리를 쳤다.

그 모습에 원상이 정말 단전에서부터 올라오는 깊은 한숨을 쉬었다.

이건 뭐 말을 해도 소용이 없었다.

"하아."

"그래서 네가 들은 게 뭔데? 낌새를 보아하니 오는 와중에 들은 게 아니라 본산에서 들은 게 있는 것 같은데?"

"이런 눈치는 좀 있단 말이지."

"혼자만 알지 말고 좀 공유해. 두 번 실수하면 안 되니까."

"이미 실수는 충분히 한 거 같은데."

원호의 얼굴이 삽시간에 어두워졌다.

어제의 일을 생각하면 무슨 말을 해도 꺼지라고 할 게 뻔했다.

짧은 시간이었지만 유하성의 성격을 파악하기에는 충분하기도 했고.

일단 첫 단추를 잘못 끼웠다.

"나도 알고 있어."

"근데 의외네. 난 오늘 새벽에 네가 떠날 줄 알았는데. 일어나자마자 바로 떠날 거라 생각했거든. 네 성격상 어제의 그 망신을 당했는데 가만히 있을 리가 없으니까. 사숙께서 떠나라고 하기도 했고."

"원래는 그럴 생각이었는데, 생각해 보니까 사백조님의 깊은 뜻이 있는 거 같아서. 복기하느라 정신이 없기도 했고. 그러니까 그만 뜸 들이고 말해. 넌 뭘 들은 거야?"

"너도 슬슬 눈치챘을 텐데? 사백조님께서 우리 둘을 괜히 보낸 게 아니라는 걸 말이야."

원호가 고개를 주억거렸다.

처음에는, 아니 어제 복주에 도착했을 때까지만 하더라도 그는 불만이 가득했었다.

아무리 사숙이라고 하나 일대제자 둘을 보낼 정도의 인물은 절대 아니라고 생각해서였다.

그런데 그건 크나큰 착각이었다.

"이제는 알지. 그러니까 그만 숨기고 말해."

"유 사숙께서는 무당면장의 계승자이시다."

"뭐? 소실된 면장을 복원한 거야?"

"맞아. 얼마 전에 돌아가신 명운 사숙조님과 둘이서 복원 작업을 하셨고, 최근에 복원하셨대."

"그게 정말이야?"

원호가 두 눈을 껌뻑거렸다.

동시에 모든 상황이 이해되기 시작했다.

다른 무공도 아니고 면장이었다.

그가 익힌 현허칠성검법도 상승절학이지만 면장은 태극권, 태극혜검; 십단금과 함께 무당을 대표하는 무공이었다.

장법으로만 따진다면 천하에서 열 손가락 안에 들어가는 절대무공이 면장이었기에 원호는 명천이 그와 원상을 보낸 게 이해됐다.

또한 어제 자신이 무력하게 패배한 것도.

"한마디로 일개 속가제자가 아닌 거지. 본산의 입장에서는 반드시 지켜야 하는 분이셔."

"그렇지. 정말 대단하시다. 모두가 포기한 거를……."

"사숙조께서 스스로의 몸을 망가뜨리면서까지 연구를 계속하셨다고 해. 그런데 지원을 어느 순간 끊었다고."

"뭐? 미친 거 아냐? 적극적으로 지원해 드려도 모자랄 판에 끊어?!"

원호가 버럭 소리를 질렀다.

응원해도 모자랄 판에 지원을 끊어 버렸다고 하자 어처구니가 없어서였다.

무당파의 입장에서는 어떻게든 복원을 해내야 하는 게 소실된 무공이었다.

더욱이 면장은 달리 무당면장이라 불릴 정도로 무당파의 얼굴과도 같은 무공이었다.

"사백조께서 그것 때문에 대로하셨어. 우리 오기 전에 본산이 뒤집어진 건 알지?"

"아, 그게 그것 때문이었어?"

"사문에 관심 좀 가져라."

"내가 끼어들 문제가 아니라고 생각해서 그런 거야. 난 늘 관심을 가지고 있어. 아주 지대한 관심을 말이지. 무당을 위해서라면 내 목숨을 초개같이 내놓을 수도 있어."

"그러니까 좀 더 주변에 관심을 가지고 신경을 쓰라고."

원상이 이때다 싶은 마음으로 그동안 쌓여 있던 것들을 모조리 토해 냈다.

지금이 아니면 이런 말을 절대 순순히 듣지 않으려 할 게 분명해서였다.

"어쨌든 중요한 건 사숙께서 아주 중요한 존재라는 거잖아. 무당면장의 유일한 계승자이시고."

"맞아. 그래서 사백조께서 우리를 보낸 거지. 사숙을 잘 보필하라고 말이야."

"면장, 면장이라."

중요한 건 다 들었기에 원호는 다시 원상의 말을 한 귀로 듣고 한 귀로 흘렸다.

그러고는 알 수 없는 표정으로 턱을 쓰다듬었다.

"혹시나 해서 하는 말인데, 허튼 생각은 하지 마라. 삐짓할 거면 그냥 조용히 돌아가. 어제 사숙님의 말씀대로 너 하나 정도는 보낼 힘이 있으시니까."

"알지. 유일한 면장의 계승자인데 그 정도 힘이 없으실까. 나도 눈이 있어. 특명을 내리실 때 사백조께서 사숙의 눈치를 본다는 걸 알아차렸다고."

"그런 놈이 어제 그렇게 건방을 떨었어?"

"크흠!"

원호가 슬그머니 고개를 돌렸다.

입이 열 개라도 할 말이 없어서였다.

"그나저나 어떻게 할 거야?"

"당연히 남아 있어야지. 바짓가랑이라도 붙들고 매달려야지. 나 이대로 가면 사백조께서 가만히 있으시겠어? 아니,

사부님이 먼저 노발대발하실걸."

"그거야 당연하지."

원상이 고개를 주억거렸다.

굳이 말하지 않아도 충분히 예상 가능해서였다.

더불어 무당산이 다시 한번 뒤집어질 가능성이 컸다.

"일단 싹싹 빌어야지. 내가 잘못한 게 맞으니까."

"원래 생각은 뭐였는데?"

"그런 거 없었는데? 어제 정신을 잃는 순간에 이미 결정은 내렸어. 언제 사과하러 가야 하나 기다리던 거였고. 너무 일찍 찾아뵙는 것도 예의가 아니니까. 그렇다고 남는 시간을 허비할 수는 없으니 어제 비무를 복기하고 있었고."

"의외네."

원상이 어깨를 으쓱거렸다.

그의 예상과는 정반대의 말을 하고 있어서였다.

"네 생각은 어때? 대사형과 사숙을 비교하면."

"응?"

어느새 다 식은 차를 홀짝이던 원상이 두 눈을 동그랗게 떴다.

뜬금없이 이게 무슨 소리인가 싶어서였다.

"너는 누가 이길 것 같아?"

"……그게 지금 중요해?"

"왜? 궁금하지 않아?"

"너도 참 별종이다. 별걸 다 궁금해하네."

원상이 헛웃음을 흘렸다.

참 쓸데없는 것에 궁금증을 갖는 것 같았다.

"안 궁금하다고?"

"그게 지금 중요하냐?"

"난 궁금한데."

"그럼 너나 생각해."

잘 가다가 다시 샛길로 빠지는 대화에 원상이 고개를 절레절레 저었다.

그러고는 자리에서 일어났다.

다행히 충격에 빠지긴 했어도 알아서 잘 헤쳐 나온 듯했기에 이제 그만 나갈 생각이었다.

"나 도와줄 거지?"

"똥은 똥 싼 사람이 치워야지."

"우리가 남이야?"

"남은 아니지만 네가 싼 똥을 치워 줄 정도로 가까운 사이는 아니지."

"우와. 정말 이렇게 나올 거야?"

원호가 얼굴 가득 서운하다는 표정을 지었다.

앞으로 함께 유하성을 모셔야 하는데 이 정도도 도와주지 않겠다고 하자 원호는 섭섭했다.

"네 뒷수습하는 건 이제 지겹다."

"얼마나 했다고."

"몰라. 네가 알아서 해. 나도 내 앞가림하기 벅차."

"그러니까 같이하자고. 사숙께서 나만 보낼 거 같아? 날 보내면 너도 같이 보낼걸? 어제 하시는 말씀 못 들었어?"

원호가 방법을 바꿨다.

매달려서는 해결이 안 될 것 같아서였다.

"내 일은 내가 알아서 하마. 그러니 네 문제는 네 스스로 해결해."

"야! 원상아!"

자기 할 말만 딱 하고서 원상이 방을 나섰다.

붙잡을 새도 없이 전광석화처럼 말이다.

그 모습에 원호가 애절하게 친구를 불렀지만 원상은 고개 한 번 돌리지 않고 도망치듯 밖으로 나갔다.

똑똑똑.

"들어가도 되겠습니까, 사숙?"

"들어와."

문을 두드리는 소리에 잠시 사색에 빠져 있던 유하성이 입을 열었다.

그런 그의 시선은 명천이 보낸 서찰에 향해 있었다.

끼이익.

긴 내용은 아니었으나 여러 가지 내용들이 함축되어 있었기에 이런저런 생각을 하고 있는데 문이 열리며 한 사람이 방 안으로 들어왔다.

바로 어제 온 두 명 중 한 명인 원상이었다.

"좋은 아침입니다, 사숙."

"문안 인사 하러 온 거면 할 필요 없다."

"제가 사질인데 당연히 문안 인사를 드려야 하지 않겠습니까."

"됐다."

유하성은 단칼에 잘랐다.

친한 사이도 아니고 어제 처음 본 사이인데 굳이 그럴 필요가 있을까 싶었다.

이미 돌아가라고 말도 한 상태였고 말이다.

"원호는 모르겠으나 저는 사숙을 보필하고 싶습니다."

"그럴 필요 없다."

무미건조한 목소리로 유하성이 고개를 저었다.

명천의 마음과 입장은 충분히 이해했다.

아마 그가 명천이었어도 이렇게 했을 터였다.

하지만 그렇다고 받아들일 생각은 없었다.

"생각보다 제가 쓸모 있습니다. 자잘하게라도 도움이 될 겁니다, 사숙."

"그렇겠지. 근데 감시자와 함께 움직일 생각은 없어서. 내가 사문에 죄를 지은 것도 아니고."

무당패왕

"절대 아니시죠."

원상이 황급히 고개를 저었다.

자신은 감시자가 아니었다.

오히려 호위에 가까웠다.

더욱이 유하성은 속가제자라고 하나 항렬은 당대 장문인과 같은 항렬이었기에 그가 감시할 신분이 절대 아니었다.

"그러니 돌아가. 때가 되면 나 역시 본산으로 돌아갈 테니."

"앞으로 중원 전역을 돌아다니실 계획 아니십니까? 길잡이를 비롯해서 이런저런 잡일을 해 줄 이가 필요하실 겁니다. 저는 길을 상당히 잘 아는 편입니다. 또한 사숙께 알려 드릴 것도 있고요."

"내게 알려 줄 게 있다고?"

"예. 사백조께서 신신당부하신 게 있습니다. 저에게만 따로 임무를 주셨습니다."

"임무라."

거창하기 짝이 없는 단어에 유하성이 실소를 흘렸다.

왜 이러는지 알기에 유하성은 웃음만 나왔다.

"사숙께서 무당파의 제자이시지만 문중의 사정에 대해 잘 모르실 거라고 사백조께서 말씀하셨습니다."

"맞아."

유하성은 순순히 인정했다.

무당파의 제자이지만 그가 아는 이라고는 열 명이 채 넘지 않았다.

그중에 한 명이 명천이었고.

"사백조께서는 그에 대한 설명을 사숙에게 꼭 해 드리라고 말씀하셨습니다. 더불어 대청표국의 사정에 대해서도 따로 알아보신다고 하셨습니다."

"너무 늦었어."

"지금 하신 말과 똑같이 말씀하셨습니다. 하지만 늦었다고 해서 그냥 지나칠 문제 또한 아니라고 하셨습니다."

"흐음."

유하성이 고개를 끄덕였다.

자신에게는 사부였으나 명천에게는 막내 사제였다.

그러니 사부를 못 챙긴 만큼 대청표국에 신경 쓰는 것일지도 몰랐다.

"제가 온 것 또한 대청표국의 현재 상황을 냉정하게 파악해서 보고하기 위함입니다."

"다른 녀석은?"

"무공 담당입니다. 주변머리는 없지만 몸은 쓸 만하거든요."

무공만 따지면 그보다 위에 있을 뿐만 아니라 재능 역시 자신보다 더 뛰어났다.

인정할 건 인정해야 했기에 원상은 아무렇지 않은 얼굴로 대답했다.

"재능이 다는 아니지."

"제 사부님도 그리 말씀하시지만, 극복하는 건 쉽지 않은 일이죠."

"맞아. 무엇이든 뛰어넘는다는 건 그에 상응하는 대가를 치러야 하는 법이지."

"맞습니다."

원상은 맞장구를 치며 유하성의 눈치를 살폈다.

그의 입장에서는 어떻게든 유하성의 곁에 있어야 했다.

특명도 특명이지만 직접 본 유하성은 묘하게 신비로운 분위기가 있었다.

반박귀진이라는 말로 설명하기 힘든 묘한 존재감을 가지고 있었기에 원상은 호기심이 생겼다.

"유 사숙님!"

그때 건물 밖에서 우렁찬 목소리가 들려왔다.

유하성에게는 낯설지만 원상에게는 너무나 익숙한 음성이었다.

그래서 원상은 순간 얼굴을 찌푸렸다.

이렇게 막무가내로 소리칠 줄은 몰라서였다.

"들어가도 되겠습니까!"

유하성이 이곳에 있다는 걸 확신하듯 재차 소리치는 말에 그의 시선이 원상에게로 향했다.

그러자 원상이 다급하게 손사래를 쳤다.

"저, 저는 모르는 일입니다."

"들어와."

누가 봐도 원호랑 엮이고 싶지 않다는 모습에 유하성이 나지막하게 말했다.

그런데 놀랍게도 원호는 건물 밖에 있음에도 귀신같이 알아듣고는 방 안으로 들어왔다.

싸가지는 없지만 그래도 사질이기에 유하성은 마지막으로 한마디를 들어 줄 겸 해서 안으로 들였다.

"어제는 제가 무례를 범했습니다. 죄송합니다, 사숙님!"

쿠웅!

방 안으로 들어오기 무섭게 원호는 무릎을 꿇었다.

입이 열 개라도 할 말이 없을 정도로 어제 그는 크나큰 실수를 저질렀다.

그렇기에 원호는 망설이지 않고 무릎을 꿇으며 머리를 숙였다.

명백한 실수를 저지른 만큼 사과 역시 화끈하게 했던 것이다.

"호오."

"음?"

대뜸 무릎부터 꿇는 원호의 모습에 유하성은 물론이고 원상도 놀랐다.

특히 원상의 놀람이 컸다.

그가 아는 원호는 절대 다른 사람에게 무릎을 꿇는 인물이 아니었다.

십 년 훌쩍 넘게 원호를 봐 왔지만 이런 적은 없었다.

"사숙님의 마음이 풀어지실 때까지 계속 이러고 있겠습니다!"

"왜 이렇게까지 하지? 그냥 네 갈 길을 가면 될 일인데."

"맞습니다. 하지만 떠나더라도 사과는 드려야 한다고 생각합니다. 어제의 실수는 분명 제가 잘못한 일이니까요. 그래서 왔습니다."

"종잡을 수 없는 녀석일세."

유하성이 헛웃음을 흘렸다.

오만한 첫인상과 달리 의외로 사람다운 면모가 있어서였다.

예상했던 것과는 전혀 다른 행동에 살짝 놀랍기도 했다.

-원래 저런 성격이 절대 아닙니다. 사숙께서 느끼신 첫인상이 본래 성격입니다.

유하성의 귓전으로 원상의 전음이 들려왔다.

그 역시 유하성만큼이나 놀랐지만 빠르게 평정심을 회복했다.

다만 원호가 이러는 이유는 그도 짐작이 가지 않았다.

"갈 때 가더라도 사과는 드려야 한다고 생각합니다."

"분하지 않더냐?"

"전혀 그렇지 않습니다. 오히려 사숙님을 존경하게 되었습니다."

"들었구나?"

"예."

핵심이 빠진 질문이었으나 원호는 용케 대답했다.

그 대답에 유하성은 고개를 틀어 원상을 쳐다봤다.

누구에게 들었을지 능히 짐작이 가서였다.

"설명을 해 줄 필요는 있다고 생각했습니다. 천지 분간 못하는 녀석이니 꼭 알아 두어야 한다고 생각했고요."

"뭐, 상관없지. 비밀로 할 생각도 없었고."

유하성이 대수롭지 않다는 투로 중얼거렸다.

죄를 지은 것도 아닌데 굳이 숨길 필요가 없어서였다.

널리 알려져야 사부의 일생이 보상받을 수도 있었고.

'누구는 의미 없는 일이라고 할지 모르나 나에겐 아니니까.'

유하성에게 있어 누구보다 위대하고 존경스러운 분이 바로 사부였다.

모두가 포기하고 불가능하다고 할 때, 무의미하다고 할 때 오직 그만이 무당파를 위해서 헌신했다.

그 일생을 누구보다 가까이에서 지켜봤기에 유하성은 이제라도 명운이라는 이름이 강호에 알려지기를 바랐다.

더불어 오래오래 기억되었으면 좋겠다고 생각했다.

"일어나."

"용서해 주시는 겁니까?"

"그 정도면 충분하다. 진산제자와 속가제자의 관계를 모르는 것도 아니고."

"그런 분위기가 없는 건 아니지만, 그렇다고 심한 것도 아닙니다. 이런 것들에 대해서 말씀을 드리고자 제가 찾아온 것입니다. 자랑은 아니지만 제가 나름 문파 내부 사정에 밝습니다."

일어나라고 해도 간을 보는 건지 여전히 같은 자세를 고수하는 원호를 힐끔거리며 원상이 슬쩍 입을 열었다.

자신이 합류하게 되면 생기는 좋은 이점들에 대해서 은근슬쩍 강조했던 것이다.

"내가 굳이 알아야 할 필요가 있나?"

"알아 둬서 나쁠 건 없다고 생각합니다. 앞으로 아예 보지 않을 사람들도 아닌데 이왕이면 알아 두는 게 낫지 않겠습니까? 아니면 잘 알고 있는 인물을 옆에 두는 것도 한 가지 방법이라고 생각합니다."

"쟤가 몸으로 해결하는 쪽이면 넌 머리로구나."

"바로 보셨습니다."

"응? 무슨 소리야?"

알 수 없는 말을 주고받는 둘의 대화에 원호가 고개를 번쩍 들었다.

그러나 둘 중 누구도 그에게 대답해 주지 않았다.

"더해서 사숙님이 사용하실 수 있는 품위유지비도 제가 청구할 수 있습니다. 돈에 연연하지 않는 성격이시란 걸 알지만, 없는 것보다는 있는 게 낫지 않겠습니까? 제가 장난처럼 말하기는 하는데 저 녀석 집이 부자입니다. 오대세가는 아니지만 나름 명문세가 출신입니다. 흥청망청까지는 아니더라도 적지 않은 돈을 융통할 수 있습니다."

"사숙님을 위해서라면 얼마든지 사용할 수 있습니다!"

눈치를 살피던 원호가 크게 소리쳤다.

유하성의 가치를 생각하면 돈 몇 푼은 아깝지 않았다.

그렇다고 유하성이 유흥을 즐기는 성격도 아니었기에 막 쓴다고 해도 얼마 나오지도 않을 터였다.

"하긴. 주머니 사정은 여유로우면 여유로울수록 좋은 거니까."

"그럼 받아 주시는 겁니까?"

"일단 한 달 정도 지켜보도록 하지."

"감사합니다!"

시간제한이 걸려 있는 허락이었으나 중요한 건 허락을 해 주었다는 사실이었다.

그렇기에 두 사람은 반색한 표정을 지었다.

원호 역시 어느새 일어나 있었다.

"사고를 치면 바로 쫓아낼 거니 명심하고."

"그럴 일은 절대 없을 겁니다. 적어도 저는 아닙니다."

"나도 아니거든?"

마지막 말이 자신에게 향했다는 걸 알았기에 원호가 유하성 몰래 눈을 부라렸다.

하지만 그 시선에 기죽을 원상이 아니었다.

솔직히 그는 원호가 제발 사고를 치지 않았으면 하는 바람이었다.

괜히 불똥이 튀는 건 이쪽에서 사절이었다.

"일단 내가 알아 두어야 할 사람들에 대해서 얘기해 봐. 모두를 알 필요는 없지만, 어느 정도는 알고 있어야겠지."

"알겠습니다."

원상이 빠르게 생각을 정리했다.

아래 항렬은 유하성이 몰라도 크게 상관이 없지만 위의 항렬은 달랐다.

그렇기에 원상은 머릿속으로 설명할 순서를 정리했다.

가부좌를 틀고 있던 규악중은 인상을 있는 대로 찡그렸다.

비싼 의원을 데려와 몸에 좋은 약은 구할 수 있는 대로 구해서 먹고 있음에도 회복이 생각보다 더뎌서였다.

"빌어먹을 새끼."

아직도 심맥에 남아 있는 상처를 느끼며 규악중이 욕을 내뱉었다.

일부러 자신의 심맥을 비틀었음을 너무나 잘 알아서였다.

물론 그가 한 짓에 비하면 죽지 않은 게 다행이었지만 사람은 결국 자기중심적으로 생각하기 마련이었다.

살아남아서 다행이라는 생각은 어느새 사라지고 분노와 원한만 남았다.

"복수를 해야 하는데……."

받은 은혜는 금방 잊히지만 원한은 뼛속까지 남는 법이었다.

그렇기에 규악중은 이를 갈았다.

어떻게 하면 복수할 수 있을지 생각했지만 좋은 수가 떠오르지 않았다.

일단 배경이 무당파였고, 지금 바로 살수 문파에 의뢰를 넣으면 가장 먼저 의심을 받을 사람이 자신이었다.

"강호초출만 아니었어도. 하아."

닳고 닳은 강호인이었다면 오히려 의뢰를 넣기가 쉬웠을 터였다.

무림에서 오래 생활했다면 크고 작은 은원 관계를 맺을 수밖에 없으니까.

하지만 이런 부분에서 유하성은 티 하나 없이 깨끗했다.

"하필이면 이 중요한 시기에."

아는 인맥을 총동원해서 비무첩을 보내 우연을 가장해서 처리하는 방법도 있지만 이건 다시 사용하기가 애매했다.

누가 봐도 복수전의 의미가 강해서였다.

일단 비무첩을 보내면 자신과의 관계가 조금이라도 드러나는 순간, 무당파가 움직일 터였다.

"외통수로구만."

운기요상을 마치며 규악중이 깊은 탄식을 흘렸다.

패배는 병가지상사라는 말처럼 그냥 잊으면 되기도 하는 문제였다.

늘 이길 수 있다면 자신은 진즉에 천하제일인이 됐을 터였다.

하지만 문제는 잊을 수가 없다는 점이었다.

"무, 문주님!"

"무슨 일이냐?"

운기요상을 끝냈음에도 여전히 가부좌를 틀고서 앉아 있던 규악중이 문밖에서 들리는 수하의 다급한 목소리에 입을 열었다.

이윽고 문이 열리며 당황한 표정의 수하가 안으로 들어왔다.

"무당파에서, 무당파의 일대제자들이 찾아왔습니다."

"들? 숫자가 얼마나 되는데?"

"두 명입니다."

"무슨 이유로 찾아왔다더냐?"

제자들이라는 말에 잠시 겁먹었던 규악중이 두 명이라는 말에 신색을 가다듬었다.

적어도 전쟁을 하러 온 것 같지는 않아서였다.

"문주님께 직접 말씀드리겠다고 합니다."

"나를 무조건 보겠다는 거로군."

"그런 것 같습니다."

"데려와."

"예."

수하가 빠른 걸음으로 처소를 나갔다.

그러자 규악중도 복잡한 표정으로 몸을 일으켰다.

연락도 없이 갑자기 방문한 이유를 알 수가 없어서였다.

동시에 한 줄기 불안감이 엄습했다.

"설마 알아챈 건가? 하지만 움직임이 없었는데?"

배후가 무당파인 만큼 규악중은 절대 자신의 속내를 드러낸 적이 없었다.

아직 움직이지도 않았고 말이다.

그러나 상대가 무당파의 제자들인 만큼 조심해서 나쁠 건 없었다.

지금껏 보여 준 자신의 성향을 보면 짐작하는 건 어렵지 않을 테니까.

"후우."

생각하면 생각할수록 나오는 건 한숨뿐이었다.

무당파가 자랑하는 고수도 아니고 장로도 아닌, 일개 일대 제자가 방문했다는 사실에 심장이 벌렁거린다는 게 규악중은 마음에 들지 않았다.

하지만 당장 아쉬운 쪽은 그였다.

저벅저벅.

찾아온 손님을 피할 수도 없기에 규악중은 무거운 발걸음으로 응접실로 향했다.

잠시 후 시비가 문을 열어 주는 응접실 안으로 들어가자 전혀 다른 인상의 두 청년이 우아하게 차를 들이켜는 모습이 눈에 들어왔다.

"처음 뵙겠습니다. 무당의 원상이라고 합니다."

"원호입니다."

내상으로 인해 안색이 그리 좋지 않은 규악중이 모습을 드러내자 두 사람이 자리에서 일어나 정중하게 포권을 했다.

그런데 분위기가 썩 괜찮았다.

안 좋은 의미로 방문한 것 같지는 않았기에 규악중은 사람 좋은 미소를 지으며 둘의 인사를 받아 주었다.

"반갑네. 규악중이라고 하네."

"갑자기 방문했음에도 반갑게 맞아 주셔서 감사합니다."

"허허. 군룡도문은 손님을 홀대하지 않는다네."

"저도 그렇다고 들었습니다."

무표정한 원호와 달리 원상은 묘하게 규악중과 비슷한 미소를 짓고 있었다.

그리고 서로 그걸 알아차렸으나 겉으로 티를 내지는 않았다.

"무당파에도 알려졌을 줄은 몰랐군."

"복건성을 대표하는 무문이지 않습니까. 게다가 사숙님과도 인연이 있으셨고요."

"그랬었지."

규악중의 눈썹이 미미하게 꿈틀거렸다.

전대 장로의 제자라는 건 알았지만 진산제자들까지 이 정도로 깍듯하게 생각할 줄은 몰랐기에 그는 살짝 놀랐다.

하지만 유하성의 무력을 생각하면 이해가 안 되는 것도 아니었다.

"사실 저희가 문주님을 찾아뵌 건 사숙님 때문입니다. 보다 더 정확하게 말씀드리면 사숙님과 문주님 때문이지요."

"그게 무슨 말인가?"

"혹시 몰라서 드리는 말씀인데, 허튼 생각은 하지 않는 게 좋으실 겁니다."

흠칫!

실내의 분위기가 한순간에 바뀌었다.

어조는 평이했으나 규악중은 순간적으로 소름이 돋았다.

말을 하는 건 원상이었으나 그에게는 무당파가 말하는 것처럼 들렸다.

실제로 눈앞에 있는 원상은 전달자에 불과하기도 했고.

"참고로 이건 사백조님, 그러니까 검선께서 직접 하신 말씀입니다. 아실 거라 생각하지만 사숙님은 사백조님의 사질이 되십니다."

"알고 있네. 암, 알고말고."

규악중의 등골에 식은땀이 맺혔다.

웃으며 말하고 있었으나 그 안에 담긴 의미는 명백히 경고였다.

그걸 못 알아차릴 정도로 그는 눈치 없지 않았다.

"저희를 이곳에, 정확하게는 대청표국으로 보내신 게 사백조님이십니다. 이 정도면 제 말을 충분히 이해하셨을 거라고 생각합니다."

"조금이라도 이상한 낌새가 보인다면, 무당이 움직일 겁니다. 그러니 행동거지를 조심하는 게 좋을 겁니다."

겉으로나마 친절한 원상과 달리 원호의 눈빛은 싸늘했다.

마치 조금이라도 수상한 기미가 보인다면 가만두지 않겠다는 기세를 숨기지 않고 뿌려 댔기에 규악중으로서는 어색하게 웃을 수밖에 없었다.

"절대, 절대 그런 일은 없을 것이네! 약속하겠네!"

"역시 그러실 거라 생각했습니다. 본인의 이득을 위해서라면 신의도 거리낌 없이 버리는 이들이 복건성에는 많다고 들었는데 다행히 문주님은 아닌 것 같네요."

"허허! 신의와 도의를 지키며 평생을 살아왔다네."

규악중이 과장되게 웃었다.

그러나 지금 이 자리에서는 이렇게 말할 수밖에 없었다.

원상과 원호는 문제가 안 되지만 이들의 뒤에 있는 무당파는 감히 그가 비벼 볼 수 있는 상대가 아니었다.

그렇기에 규악중으로서는 처지가 서글펐지만 겉으로는 웃어야만 했다.

"다행이네요. 사실 내심 걱정했거든요. 대화가 안 되면 어떡하나 하고."

"불필요한 걱정을 했군. 나와 본 문은 대화를 좋아한다네."

"그렇습니까?"

원상이 의미심장하게 웃으며 반문했다.

당장 유하성에게 한 짓만 봐도 그렇지 않다는 걸 알 수 있어서였다.

세간의 평판 역시 결코 좋지 않았고 말이다.

하지만 그렇다고 응징을 할 정도는 아니었다.

'사숙께서 원하시면 모를까. 아니, 그 전에 직접 다 뒤집으셨겠지.'

원상은 유하성의 실력이 전부 다 드러나지 않았음을 알았다.

어제만 하더라도 유하성은 태극권만 배웠음에도 원호의 현허칠성검법을 모조리 튕겨 냈다.

마치 초식을 알고 있는 것처럼 몇 수 앞을 내다보듯이 말이다.

게다가 면장은 아예 꺼내지도 않았다.

"그렇고말고! 저잣거리에 나가서 누구든 붙잡고 물어보면 백이면 백 다 그렇게 말할 것이네!"

"알겠습니다. 그럼 저희는 이만 일어나 보겠습니다."

"벌써 가려는가?"

"다행히 대화가 잘되었으니까요. 너무 갑자기 찾아오기도 했고."

"곧 있으면 중식을 먹을 시간인데 한 술갈 들고 가는 건 어떤가?"

규악중이 넌지시 운을 뗐다.

시작이 안 좋았다고 해서 앞으로도 그러리라는 법은 없었다.

악연도 뒤집으면 선연이 되는 법이고 위기도 기회로 얼마든지 바꿀 수 있었다.

그렇기에 규악중은 은근한 표정을 지으며 물었다.

"죄송합니다. 선약이 있어서요. 그럼 다음에 뵐 수 있으면 뵙죠."

하지만 그의 노력에도 불구하고 원상은 단칼에 거절했다.

원상으로서는 굳이 규악중과 함께 식사를 할 이유가 없어서였다.

나름 예의를 갖춰 물러나는 원상과 달리 원호는 특유의 오만한 얼굴로 빳빳이 고개를 들고서 접객실을 나갔다.

바람처럼 왔던 것처럼 바람처럼 물러나는 두 사람의 모습에 규악중이 멍하니 쳐다봤다.

유하성이 새삼스러운 눈빛으로 대청표국을 둘러봤다.

처음 왔을 때만 하더라도 대청표국은 언제 망해도 이상하지 않을 분위기를 풍기고 있었다.

일하는 사람들의 표정에서도 희망은 눈을 씻고 찾아봐도 보이지 않았고.

그런데 불과 한 달 사이에 모든 게 달라졌다.

"하루하루가 꿈만 같아요."

"꿈만 꾸지는 말고."

"알아요. 열심히 노력할 거예요!"

고양이처럼 살금살금 다가온 백현승이 입을 열었다.

그러나 유하성은 백현승이 다가오는 걸 전부 알고 있었기에 놀라지 않았다.

"추월당했다고 의기소침해하지 말고."

"하루는 의기소침해할 거 같아요. 아는 거랑 받아들이는

武當霸王
무당
패왕

거랑은 다르니까요. 그래도 하루면 털어 낼 수 있어요! 죽기 전까지 승부는 나지 않는 거니까요."

"맞아. 살아남는 게 중요하지. 패배는 크게 중요하지 않아. 그러니 마음을 긍정적으로 먹어야 해."

"떠나실 거예요?"

백현승이 힐끔거리며 물었다.

대청표국의 형편이 빠르게 나아지고 있었으나 애초에 이곳은 유하성의 집이 아니었다.

온 목적도 작은할아버지의 편지를 전달하기 위해서였고.

때문에 떠난다고 해도 백현승이나 백기룡은 붙잡을 명분이 없었다.

또 붙잡을 마음도 없었고.

다만 헤어져야 한다는 게 아쉬울 뿐이었다.

"당장은 아니고. 그리고 영원히 떠나는 것도 아닌데 왜 울상이야?"

"아쉬워서 그렇죠. 저희가 형님을 붙잡을 처지가 아니란 걸 잘 알지만 그래도 함께한 시간이 적지 않잖아요."

"한 달이?"

"시, 시간이 중요한가요! 고난과 역경을 함께 헤쳐 나갔다는 게 중요하죠! 양보단 질이에요!"

어떻게든 말을 이어 가려는 백현승의 모습에 유하성이 피식 웃었다.

그러고는 머리를 부드럽게 쓰다듬었다.

평소였다면 애 취급 하지 말라며 고개를 슬쩍 빼냈을 텐데 지금은 그러지 않았다.

"나들이라고 생각해. 기일에 맞춰 무당산에도 가야 하고."

"아."

작은할아버지의 무덤이 무당산에 있다는 걸 떠올리며 백현승이 고개를 주억거렸다.

일 년에 한 번은 반드시 무당산에 올라야 한다는 걸 깨달은 것이다.

"기회가 되면 너도 같이 가자."

"제가 가도 돼요?"

"안 될 건 뭐야?"

"하긴. 형님도 있으시니. 사실 저도 무당산에 꼭 한번 가 보고 싶었어요!"

백현승이 언제 울먹거렸냐는 듯이 활기차게 재잘거렸다.

어제 누가 찾아왔고, 빈객들이 점차 늘어나고 있다는 등등 별의별 이야기들을 다 쏟아 냈다.

"머지않아 갈 수 있을 거야."

"그리고 적을 두지 않은 속가제자분들이 많이 찾아오고 계세요. 당장 표두로 채용해도 될 정도의 실력자들이 꽤 있대요."

"좋은 일이지."

"두 분 진인께서도 정말 많이 도와주고 계세요."

백현승의 눈이 반짝였다.

신기하게도 유하성이 대청표국을 찾은 날 이후 정말 많은 게 변했다.

그것도 하나같이 좋은 쪽으로 말이다.

그래서 백현승은 유하성이 행운의 상징처럼 느껴졌다.

"당연히 그래야지. 일하러 왔으면 일을 해야지."

"험험!"

바삐 움직이는 이들을 지켜보는데 등 뒤에서 헛기침 소리가 들렸다.

누가 들어도 뒤를 돌아봤으면 하는 헛기침 소리에 백현승이 반사적으로 고개를 돌렸다.

그러고는 두 눈을 휘둥그레 떴다.

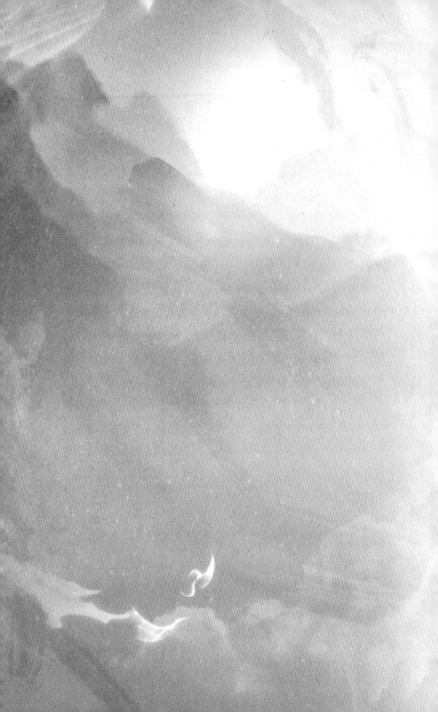

제11장 희한한 녀석

"어?"

"오랜만이로구나."

거의 십 년 만에 대청표국을 방문한 규악중이 어색하게 웃었다.

그로서는 최선을 다해 친근한 미소를 지었으나 백현승이 보기에는 어색하기 짝이 없었다.

억지로, 어쩔 수 없이 미소를 짓는 느낌이라고나 할까.

"안녕하세요."

그래서 백현승 역시 억지로 마주 인사했다.

친해질 수가 없는 사이였으나 그렇다고 면박을 줄 수도 없었다.

유하성의 도움으로 대청표국이 반등하기는 했으나 아직 군룡도문에 비하면 모든 게 부족했다.

"그래. 유 대협님도 잘 지내셨습니까?"

"아, 예."

호칭도 호칭이지만 어조가 완전히 달라졌다.

그걸 백현승도 느낀 모양인지 얼굴 가득 의아한 표정을 지었다.

이게 무슨 상황인가 싶어서였다.

"하하. 다름이 아니라 몸이 어느 정도 회복되었기에 사과 인사를 제대로 드려야 할 것 같아 이렇게 찾아왔습니다. 저는 절대 그런 의도가 없었으나 다른 사람이 보기에는 다른 의도가 있었다고 볼 수 있을 것 같아서요. 저 역시 그런 의심을 받아도 이상하지 않다는 걸 느끼기도 했고요. 그래서 서신이나 인편을 보내는 것보다는 직접 찾아뵙는 게 낫다고 생각해 이렇게 방문하게 되었습니다."

일장연설과도 같은 한마디를 규악중은 폭포수처럼 쏟아 냈다.

자신은 정말로 억울하다는 듯한 표정을 지으면서 말이다.

그러나 유하성과 백현승이 보기에는 악어의 눈물로밖에는 보이지 않았다.

"물론 쉽게 믿기 힘드시다는 거, 저도 알고 있습니다. 그러니 앞으로 달라진 모습을 차근차근 보여 드리겠습니다!"

武當霸王
무당
패왕

말이 없는 유하성을 향해 규악중이 황급히 말을 이었다.

그러나 분위기는 달라지지 않았다.

유하성이나 백현승이나 규악중의 말을 있는 그대로 믿지 않아서였다.

그저 잠시 꼬리를 내리는 것으로밖에 보이지 않았다.

"여기 계셨군요, 규 문주님."

많이 늦었지만 그럼에도 어떻게든 관계를 개선시키고자 규악중이 갖은 노력을 할 때 익숙한 음성이 들려왔다.

바로 원상이었다.

규악중의 방문한 걸 들었다는 듯이 조금도 당황한 표정 없이 다가온 그는 자연스럽게 유하성의 앞을 막았다.

유하성이 귀찮은 걸 싫어한다는 사실을 알기에 알아서 차단하는 것이었다.

"하하. 반갑네, 원상 소협."

"문주님께서 방문하셨다는 말을 들어서요."

"유 공자님과 긴히 나누고 싶은 말이 있어서 말일세."

규악중이 안절부절못했다.

앞에 있는 원상과 대화를 나누어도 되지만 그보다는 유하성이 나았다.

꼬인 실타래의 핵심이 유하성이기도 했고.

그러나 목표라 할 수 있는 유하성은 원상이 나타나기 무섭게 백현승을 데리고 유유히 다른 곳으로 이동했다.

"우선은 저와 말씀을 나누시지요. 아시겠지만 사숙께서 요즘 많이 바쁘셔서요."

"으음!"

규악중도 눈이 있고, 귀가 있었다.

비무첩을 보내온 무인들과 비무하거나 표사와 쟁자수 들을 가르치는 것 말고는 유하성이 하는 일이 딱히 없다는 걸 알았다.

하지만 원상이 이렇게 말하는데 아니라고 할 수도 없었기에 규악중은 침음을 흘리며 그를 따라갈 수밖에 없었다.

"너무 부려 먹으시는 거 아니에요?"

"그러려고 왔다잖아?"

"어, 그렇긴 한데."

백현승이 규악중을 데리고 가는 원상을 힐끔거렸다.

옆에 있는 유하성을 보필하기 위해 검선이 직접 선별해서 보냈다지만 그럼에도 불쌍하다는 생각을 지울 수 없었다.

그러나 한편으로는 명천의 지시가 이해되기도 했다.

그만큼 무당파에 있어 면장은 중요했다.

"싫으면 돌아가겠지. 붙잡을 생각도 없고."

"원호 형이 진짜 의외예요. 저는 가장 먼저 갈 줄 알았는데."

"의외이긴 하지."

"근데 일은 원상 진인이 다 하니까요."

"천직이야. 사람 상대하는 걸 즐기는 거 같은데 놔둬."

유하성이 피식 웃었다.

각자 적성이 있는 법이었다.

그리고 원상의 말마따나 원호는 칼이었다.

칼이 사람을 상대하는 걸 잘할 리가 없었다.

"사실 저도 그렇게 봤어요. 헤헤!"

"근데 원상은 왜 진인을 붙이고 원호는 형이라 불러?"

"의외로 친해지기가 쉽더라고요. 성격도 시원시원하시고. 나이 차도 형님만큼은 크지 않으니까요. 그리고 원호 형도 형이라고 부르는 걸 좋아하시던데요?"

"서서히 사람이 되어 가는 건가."

"그게 무슨 말씀이세요?"

나란히 걸어가던 백현승이 고개를 갸웃거렸다.

그러나 유하성은 대답해 주지 않았다.

오만하던 성격이 바뀌어서 나쁠 건 없어서였다.

"이제 수련하러 가야지?"

"으윽! 안 그래도 가려고 했어요. 아직도 적응이 안 되지만요. 저도 소연 누나 같은 미녀와 단둘이 담소를 나눌 날이 있겠죠?"

"이른 나이부터 여자 밝히면 뼈 삭는다."

"에이. 이게 뭐 밝히는 건가요. 그냥 바람이죠, 바람. 이왕이면 많은 여자한테 관심받으면 좋잖아요. 없는 것보다는 훨씬 낫죠."

무슨 상상을 하는지 백현승이 음흉하게 웃었다.

광대가 승천하듯 삐죽 튀어나와서는 멍청하게 키득거리는 모습에 유하성은 고개를 절레절레 저었다.

제대로 걷지도 못하는 녀석이 벌써부터 하늘을 나는 걸 생각하자 실소가 절로 나왔다.

"쯧쯧."

"저도 알거든요. 갈 길이 구만 리라는 걸. 그래도 상상 정도는 할 수 있잖아요. 꿈과 희망이 있어야 고통과 고난을 헤쳐 나갈 수 있지 않을까요?"

"누굴 닮았는지 말은 참 잘해."

"흐흐! 제 능력 중 하나죠. 그리고 제 나이는 아직 꿈과 희망으로 가득 찰 나이라고요!"

"그래그래."

유하성은 대충 맞장구를 쳐 주며 연무장으로 걸음을 옮겼다.

비무도 하고 아이들과 표사들의 무공도 봐줄 생각이었다.

무공을 가르쳐 줄 수는 없지만 불필요한 자세나 몸에 무리가 가는 움직임 정도는 교정해 줄 수 있었다.

몸이 망가지지 않게 방향을 잡아 주는 것만으로도 많은 시행착오를 줄일 수 있었기에 사람들에게는 큰 도움이 될 터였다.

이른 아침임에도 산을 오르는 향화객들은 많았다.

폭이 상당히 넓은 산길을 많은 이들이 올랐던 것이다.

남녀불문, 나이를 불문하고 산을 오르는 이들을 보자 유하성은 문득 대청표국을 떠날 때가 떠올랐다.

정확하게는 눈물을 뚝뚝 흘리던 백현승이 말이다.

'그새 정이 많이 들기는 했어.'

순박한 사람들답게 그가 떠난다고 하자 다들 눈시울을 붉혔다.

불혹이 된 백기룡마저도 겨우 눈물을 삼킬 정도였다.

그래서 유하성도 발걸음이 쉽게 떨어지지 않았으나 결국에는 떠났다.

언젠가 다시 돌아올 것이기에 유하성은 웃으며 몸을 돌렸다.

"저기부터가 소림사입니다, 사숙."

"저게 일주문인가."

"그렇습니다."

원상의 목소리에 상념에서 빠져나온 유하성이 고개를 들었다.

그러자 백 명은 훌쩍 넘을 법한 사람들이 드나드는 문이 보였다.

소림사의 명성답게 상당히 오래된 느낌을 풍겼는데 묘하

게도 유하성에게는 상당히 거대하게 느껴졌다.

"여기가 소림사."

발걸음을 멈춘 유하성이 묘한 눈으로 일주문 너머의 소림사를 응시했다.

달리 천하제일문이라 불리며 강호의 태두라 인정받는 곳이 바로 저기 소림사였다.

또한 무당파가 어떻게든 뛰어넘으려고 하는 곳 또한 소림사였다.

말로만 들었던 소림사를 찬찬히 눈에 담으며 유하성은 고개를 주억거렸다.

"어릴 적이긴 하지만 저는 소림사에 한번 온 적이 있습니다."

"내부 구조가 기억은 나?"

"얼추? 워낙에 어렸을 적에 와서 가물가물하지만 둘러보면 기억날 것 같은데."

"나도 대략적으로는 설명을 들어서 알고는 있어."

조용히 소림사를 둘러보는 유하성에게 방해가 되지 않게 원호와 원상이 작게 대화했다.

일생의 대부분을 무당산에서만 지내 왔기에 만감이 교차하리란 걸 잘 알아서였다.

그러나 의외로 유하성의 감정은 담담했다.

장엄하다는 말이 절로 나올 정도로 한눈에 담기지 않는 소림사의 전경에도 유하성은 딱히 놀랍지 않았다.

"흐음."

그냥 상상하던 모습 그대로였다.

향화객들이 많아서 그런지 무승들의 모습도 많이 보이지 않았고 말이다.

대신 다른 게 유하성의 눈에 들어왔다.

일주문 근처에 널브러져 있는 거지들이 보였던 것이다.

"개방의 거지들입니다. 항시는 아닌데 거의 대부분 상주하고 있습니다."

"거지야 천지사방에 다 있지. 없는 곳을 찾기 힘들걸."

"그렇긴 합니다."

대수롭지 않다는 듯이 대답하는 유하성의 말에 원상이 고개를 주억거렸다.

복건성에서 여기 숭산까지 오면서 거의 매일 본 게 거지들이었다.

그들이 다 개방 소속은 아니겠지만 중요한 건 천하에 거지들이 없는 곳은 존재하지 않았다.

그게 바로 개방의 힘이기도 했고.

"특이하단 말이지."

"거지들이요?"

"뭐, 나와는 상관없으니까. 들어가자고. 여기까지 왔는데 안에도 둘러봐야지."

"예, 사숙. 그런데 소림사에 신분을 밝히지 않으실 생각이십니까?"

원상이 조심스레 물었다.

조용히 강호를 유람하고 싶다는 유하성의 말에 현재 그와 원호는 무당파의 제자임을 드러내는 청의무복이 아닌 평범한 황의무복을 입고 있었다.

언뜻 보면 그냥 무사나 낭인처럼 보이는 복장이었기에 지나가는 누구도 그들에게 관심을 보이지 않았다.

대신 명문세가나 거대문파의 깃발을 단 마차가 지나갈 때는 지대한 관심을 보였다.

"밝히고 싶으면 밝혀. 근데 그렇게 하면 나하고는 다른 곳에 머물겠지."

"그런 의미가 아니라 사숙께서 조금 불편하실 수도 있어서 말씀드린 겁니다."

부처는 중생을 차별하지 않는다지만 그게 절대적으로 지켜지지는 않았다.

아무래도 소림사 역시 구파일방이나 오대세가 같은 곳들의 눈치를 보지 않을 수가 없어서였다.

그래서 구파일방의 제자들이나 명문세가의 식솔들은 지객당이 아닌 아예 다른 곳에 거처를 내주었다.

"불편하긴. 무당산보단 낫겠지."

"어……."

순간 원상은 말문이 막혔다.

유하성이 무당산에서 어떤 생활을 했는지 직접 보지는 못했어도 명천에게 자세히 들었기에 그는 뭐라 할 말이 없었다.

그래서 입을 다물었다.

어중간한 위로보다는 차라리 침묵이 낫다고 생각해서였다.

"저는 좋습니다. 은둔고수 느낌도 나고 좋은데요. 흐흐!"

다행히 눈치 없는 원호가 화제를 돌렸다.

아무 생각 없이 지 하고 싶은 말을 했던 것이다.

"명문세가 출신이라고 들었는데."

"지금은 도사이지 않습니까. 전 무당파의 제자입니다."

"그건 부정할 수 없는 사실이지. 들어가자고."

"예! 제가 앞장서겠습니다!"

유일하게 소림사에 와 본 적이 있기에 원호가 앞장서서 걸어갔다.

그런데 세 사람의 뒷모습을 지켜보는 한 쌍의 시선이 있었다.

묘한 눈으로 셋을, 정확하게는 유하성을 주시했다.

소림사는 모두에게 열려 있었으나 모든 곳이 개방되지는 않았다.

외인에게는 허락하지 않는 금지들이 꽤나 많았다.

그렇기에 둘러보는 건 반나절이면 충분했다.

범인이라면 모를까 무인인 세 사람은 체력 역시 뛰어났으니까.

"후우."

사인일실로 되어 있는 방 하나를 운 좋게 통째로 사용하게 된 유하성은 두 시진가량을 푹 쉬어 준 다음에 꼭두새벽부터 밖으로 나왔다.

평소에도 잠을 딱 필요한 만큼만 잤기에 오히려 늦잠을 잔 셈이었다.

그런데 이동하면서 쌓인 피로가 상당했던 모양인지 몸이 조금 무거웠다.

'이것도 다 경험이지.'

사부인 명운은 그가 넓은 세상을 둘러보기를 원했다.

견문을 넓히는 것도 무공 수련만큼이나 중요하다고 생각해서였다.

또한 무당산에서 머물기에는 그의 나이가 너무 젊었다.

'막상 와 보니 별거 없긴 하지만.'

북숭소림이라 불릴 정도로 정도무림에서는 태산북두라 불리는 곳이 소림사였다.

구파일방과 오대세가를 통틀어 가장 강력한 세력이 바로 소림사였고.

그러나 막상 직접 와 본 소림사는 엄청나게 대단해 보이지 않았다.

　물론 무승들의 수준은 뛰어났고, 그가 본 게 전부는 아니겠지만 기대한 만큼은 결코 아니었다.

　"언제까지 구경만 할 생각이지?"

　온갖 사람들이 모여들었기에 유하성은 일찍 나왔음에도 무공을 수련할 수 없었다.

　사람은 없지만 시선마저 없는 건 아니었기 때문이다.

　그래서 가볍게 몸을 풀면서 입을 열었다.

　건물에서 나오기 무섭게 자신에게 향하는 시선을 향해 말이다.

　"어떻게 알았지?"

　"그렇게 대놓고 쳐다보는데 모르는 게 더 이상한 거 아닌가?"

　"이상하네. 다른 이들은 눈치채지 못했는데. 내가 은신술은 몰라도 훔쳐보는 능력 하나만큼은 기가 막힌데. 후각에 버금가는 능력이 이건데."

　교묘하게 유하성의 시각에서 보이지 않는, 흔히 사각이라 불리는 위치에서 검은 인영 하나가 몸을 일으켰다.

　사방이 어두워서 그런지 어둠이 일렁이는 듯한 모습이었는데 실제로는 그냥 몸을 일으킨 것뿐이었다.

　다만 바닥에 엎드려 있었기에 일어선 인영은 가볍게 몸을 털었다.

"말했잖아. 시선이 느껴졌다고. 거기다 냄새까지 났지."

"아."

흙먼지와 낙엽을 털어 내던 거지 청년이 나직이 탄성을 흘렸다.

차마 체취까지는 생각하지 못해서였다.

더욱이 바람도 역풍이었다.

"그렇게 어설픈데 모르는 게 더 힘들지 않을까."

"이거 민망한데. 앞으로는 은신술도 공부를 좀 해야겠어. 이런 기본적인 것들조차 까먹고 있었다니."

거지 청년이 혀를 찼다.

그런데 자세히 보니 거지라고 하기에는 외모가 상당히 출중했다.

거지답게 꾀죄죄하긴 했으나 얼굴은 지금껏 유하성이 본 그 어떤 남자보다 잘생겼다.

더러운 모습이 외모에 가려질 정도로 말이다.

"내가 좀 잘생기기는 했지? 하지만 내 장점은 외모뿐만이 아니지."

유하성의 시선을 느낀 듯 거지 청년이 히죽 웃었다.

그러고는 두 손으로 자신의 머리를 하나로 말끔하게 모아서는 묶었다.

"바로 이 풍성한 머리카락. 이 머리카락이야말로 내 진짜 재산이지. 암! 거지들 중에 중년이 넘어서 머리카락을 가지고 있는 이들이 드물어. 그게 왜 그럴까?"

유하성이 실소를 흘렸다.

훔쳐보다가 들켰음에도 하는 행동들이 너무나 뻔뻔해서였다.

넉살이 좋은 수준을 넘어 뻔뻔하기 짝이 없는 거지 청년의 모습에 유하성은 헛웃음이 절로 나왔다.

"내가 알아야 하나?"

"궁금하지 않나?"

"전혀. 그보다 왜 여기에 있는지가 궁금한데."

"거참. 형장은 딱 생긴 것대로 인정머리가 없군. 보통 사람이라면 예의상 물어보기라도 할 텐데."

거지 청년이 능글맞게 웃었다.

취조를 받아도 이상하지 않은 상황임에도 거지 청년은 조금도 당황하지 않았다.

오히려 더욱 당당하게 나왔다.

"어제 일주문 근처에 있던 거지지?"

"맞아. 눈도 마주쳤었지. 근데 우리 대화도 좀 나눴는데 자기소개 좀 하는 게 어때? 그쪽은 내가 어디 소속인지 알겠지만 난 아니거든."

"꼭 말해 줘야 하나?"

"에이. 이렇게 만난 것도 인연인데, 통성명도 하고 그럼 좋지 않겠어? 사해가 다 동도라는 말도 있는데."

"난 그런 쪽이 아니라서."

유하성이 단칼에 거절했다.

굳이 저쪽이 원하는 대로 해 줄 필요가 없어서였다.

게다가 몰래 훔쳐본 이를 친절하게 대해 줄 생각도 없었다.

"매정하네."

"이제 그만 가 줬으면 좋겠는데. 그게 싫다면 내가 가고."

"사문을 말해 줄 수 없는 이유가 있는 건가?"

장난기 가득했던 거지 청년의 눈빛이 일순 날카로워졌다.

혹시나 백도가 아닌 것 아니냐고 의심하는 것이었다.

"그쪽이 의심하는 무리하고는 연관이 없다. 그렇다고 순순히 말해 줄 생각은 없지만."

"치사한데."

"염탐의 대가라고 생각하도록."

"정말 끝까지 매정하네."

거지 청년이 졌다는 듯이 두 손을 살짝 들어 올려 보였다.

그런데 따질 수가 없었다.

하나같이 맞는 소리만 했기에 그로서는 더 이상 묻기가 애매했다.

먼저 실수를 하기도 했고.

"알았으면 이만 가 주었으면 하는데."

"이렇게 만난 것도 인연인데, 대련이나 한번 하는 게 어때? 어차피 수련할 작정으로 나온 거 아닌가?"

거지 청년이 순간적으로 기지를 발휘했다.

어차피 해야 할 수련이라면 대련을 하는 것도 나쁘지 않다고 생각해서였다.

동시에 자연스럽게 대련을 하면서 상대방의 무공에 대해 알아볼 작정이었다.

다만 문제는 그의 생각을 유하성 역시 꿰뚫어 보고 있다는 점이었다.

"훔쳐보던 이와? 그게 말이 된다고 생각하나?"

"정말 끝까지 물고 늘어지는구먼. 내가 왜 그랬는지 형장은 알고 있지 않나?"

이제 겨우 두 번 마주쳤음에도 거지 청년은 섭섭하다는 표정을 지었다.

훔쳐본 게 실례이기는 하나 그렇다고 나쁜 의도가 있었던 건 아니었다.

염탐한 것도 아니고 그저 몰래 지켜본 것뿐이었다.

그 이유에 대해서는 유하성 역시 알고 있을 터였고.

"글쎄. 모르겠는데."

"의뭉스럽긴. 나 개방도일세. 신분에 대해서는 따로 증명할 필요가 없다고 생각하는데. 난 겉으로 보이는 게 다일세. 거지답게 숨기는 게 없지!"

거지 청년이 당당하게 두 팔을 활짝 들어 올렸다.

그런데 생각 외로 악취가 심하지 않았다.

거지치고는 말끔한 신색처럼 말이다.

"그래서?"

"허허. 이렇게 마주치고, 서로를 알아보고, 응? 대화까지 나누었으니 좀 친해지자 이거지. 우리 둘 다 무도(武道)를 걷는 사람으로서 고민도 주고받고, 응? 혼자보다는 둘이 낫지 않겠는가?"

거지 청년이 씨익 웃으며 청산유수처럼 말을 이었다.

괜히 거지가 아니라는 듯이 입심 하나는 정말 좋았다.

얼굴을 본 건 두 번째지만 대화는 이번이 처음이었는데 말이다.

"혼자 해."

"허어."

이 정도까지 말하면 대개는 못 이기는 척 고민이라도 할 텐데 유하성은 그런 게 전혀 없었다.

바늘로 찔러도 피 한 방울 나오지 않을 것 같은 무표정한 얼굴로 칼같이 거절했다.

순간적으로 사람 민망하게 말이다.

그 모습에 거지 청년은 오기가 생겼다.

스윽.

겸사겸사 확인도 해 보고 싶었고.

강호에는 워낙에 음흉하고 기이한 녀석들이 많기에 그가

잘못 느낀 것일 수도 있었다.

중원을 종횡하면서 별의별 사기꾼들과 미치광이들을 웬만큼 만나 봤기에 거지 청년은 슬쩍 손을 흔들었다.

절묘하게 유하성의 시선에서 벗어나 아주 조금 움직였다.

후우웅.

그러나 그 작은 움직임이 일으킨 것은 결코 미미하지 않았다.

찰나의 순간 격공장을 펼친 것이었다.

일정 수준이 아니면 펼칠 수도 없는 격공장을 거지 청년은 너무나 쉽게, 그리고 은밀하게 펼쳤다.

"염탐에 이어 이제는 장난질인가."

푸스스스…….

크게 돌아 은밀하게 유하성의 뒤통수를 노리던 격공장이 목표했던 지점에 도달하기도 전에 소멸했다.

유하성이 완벽하게 반응한 것이었다.

게다가 거지 청년과 마찬가지로 유하성 역시 격공장으로 맞대응했다.

"장난질이라니. 너무 안 받아 주니까 한번 찔러본 거지. 다른 의도가 있었다면 그렇게 약하게 보냈겠어?"

"근데 찔러보는 것도 사람 봐 가면서 해야지."

툭.

생글거리던 거지 청년의 얼굴이 일순 굳었다.

아무것도 느끼지 못했는데 무언가가 가슴을 톡 하고 건드렸다.

바로 그가 날렸던 것과 같은 격공장이었다.

다만 한 가지 다른 건 유하성은 미리 느꼈고 그는 맞고 나서야 알아차렸다는 점이었다.

그리고 그게 말해 주는 건 명백했다.

연배는 비슷할지 모르나 실력 차는 상당하다는 뜻이었다.

"허어……."

"실수를 봐주는 건 한 번뿐이야. 두 번은 없다."

바짝 얼어붙은 거지 청년을 남겨 두고 유하성이 몸을 돌렸다.

떠날 기미가 안 보였기에 그가 이동하려는 것이었다.

하지만 거지 청년은 유하성의 모습이 보이지 않을 때까지 석상이라도 된 것처럼 미동도 없이 서 있었다.

"하하! 하하하하!"

그러다가 갑자기 웃음을 터트리기 시작했다.

미친놈처럼 혼자 키득거렸던 것이다.

"역시 세상은 재밌어. 저런 인물이 이렇게 꼭꼭 숨겨져 있을 줄이야."

얼이 빠져 있던 거지 청년의 두 눈이 초롱초롱하게 빛났다.

후기지수 중 구룡삼화가 최고라고 하지만 그는 그 말에 절대 동의하지 않았다.

뛰어난 건 분명했으나 감히 최고라고 말할 정도는 아니었다.

왜냐하면 그들이 최고가 아님을 자신이 증명할 수 있었으니까.

그런데 그조차도 감히 비벼 볼 수 없는 상대가 나타났다.

근데 그게 거지 청년은 싫지 않았다.

툭툭.

유하성의 격공장이 닿았던 가슴팍을 거지 청년이 손바닥으로 비볐다.

정말 살짝 건드렸다는 표현이 어울릴 정도로 그의 옷에는 격공장에 맞은 흔적이 없었다.

말 그대로 완벽하게 제어했다는 뜻이었다.

"이거 더욱더 궁금해지는데. 호기심이 아주 무럭무럭 솟구치고 있어."

단 일수로 현격한 차이를 느낄 수 있었지만 그렇기에 거지 청년은 호승심이 들끓었다.

정말 오랜만에 말이다.

호승심과 설렘이 뒤섞인 묘한 감정을 느끼며 거지 청년이 물러났다.

마음 같아서는 이대로 쫓아가고 싶었으나 그도 아주 조금은 염치가 있었다.

매일 아침 원호는 정말 신세계를 보고, 겪고 있었다.

넘치는 재능으로 오만하다는 평가를 주로 들었던 그였다.

하지만 정작 그는 뒤에서 하는 얘기들을 일절 신경 쓰지 않았다.

무인에게 결국 중요한 건 스스로의 무력이라고 생각해서였다.

"흡! 흐흡!"

그러나 그 생각은, 자만은 한 사람을 만나고서 송두리째 바뀌었다.

자신이 가진 재능이 얼마나 알량한 것인지 깨닫게 되어서였다.

더불어 재능만 믿고 까분다는 게 어떤 뜻인지도 깨달았다.

"정신이 좀 트인 모양이네?"

"사숙님을 보고도 트이지 않으면 그게 더 이상하지 않을까?"

"하긴."

오늘도 어김없이 체력 단련을 하는 유하성의 뒷모습을 보며 원호는 쉬지 않고 발을 놀렸다.

숭산을 오르는 유하성을 따라 그 역시 등산을 했던 것이다.

하지만 그렇다고 해서 아무렇게나 움직이는 건 절대 아니었다.

유하성처럼 경신술과 보법을 섞어 가며 길이 아닌 우거진 산속을 질주했다.

"정말 대단하신 것 같아."

"인정. 괜히 강하신 게 아닌 거 같아. 그런데 난 육체적인 강함보다 정신적인 강함이 더 대단한 것 같아. 보통 정신력이 아니셔."

"맞아. 진짜 대단하시지."

제운종을 펼치는 그나 원호도 제멋대로 자란 수풀을 완벽히 피하지 못해 곳곳이 긁히는데 유하성은 달랐다.

분명 숭산이 처음일 텐데도 유하성은 조금의 충돌도 없이 수림을 질주하고 있었다.

심지어 산을 오르는 속도도 두 사람보다 훨씬 빨랐다.

초행길임에도 마치 제집 앞마당처럼 이동했던 것이다.

"네 입에서 그런 말이 나올 줄은 몰랐는데 말이지."

"나도 인정할 건 인정하는 사람이야. 그리고 승복할 수밖에 없잖아? 저렇게 노력하시는데. 사숙님을 보면 내가 얼마나 게을렀는지, 어쭙잖은 재능으로 거들먹거렸는지 깨닫게 돼."

"지금이라도 깨달아서 다행이네."

"내가 이걸 알았으니 너와의 격차는 더 벌어질 거다."

"그렇게 되도록 순순히 놔둘 것 같아?"

원상이 씨익 웃었다.

냉정하게 말해 그의 무위는 원호보다 낮았다.

그러나 격차가 그렇게까지 큰 건 절대 아니었다.

열 번 붙으면 네 번 정도 이겼기에 원상은 얼마든지 추월할 기회가 있다고 생각했다.

"이 몸은 가만히 있을 것 같아?"

"두고 보자고. 마지막에 누가 웃는지."

"결과는 이미 나와 있지."

"그건 네 생각이고."

두 사람이 티격태격했다.

입심으로라도 지는 건 둘 다 자존심이 허락하지 않았다.

게다가 유하성이 은근슬쩍 해 주는 조언이 정말 절묘하게 도움이 되었기에 둘 다 무당산에 있을 때보다 확연히 성장한 상태였다.

"너는 안중에도 없어. 내 목표는 대사형이다. 대사형을 뛰어넘겠어!"

"그 전에 시간제한부터 풀어야 해."

"어……."

호기롭게 포부를 밝히던 원호의 얼굴이 굳어졌다.

대청표국에서 말한 한 달이 이제 얼마 남지 않아서였다.

유하성은 별다른 말을 하지 않았지만 원호나 원상은 애가 탔다.

처음에는 명천의 특명 때문에 유하성에게 왔지만 지금은

달랐다.

"넌 가라고 하면 갈 거야?"

"바짓가랑이라도 붙들어야지. 은근슬쩍 해 주시는 조언이 어떤 결과를 발휘하는지 너도 알잖아? 난 사부님보다 사숙님께 배우는 게 더 쏙쏙 잘 들어와. 눈높이 교육을 받는 느낌이라고나 할까. 이런 기회를 난 놓치고 싶지 않아."

원호가 단호하게 말했다.

사부는 한 명뿐이기에 유하성을 사부로 생각할 수는 없지만 인생의 스승으로 모실 수는 있었다.

알게 모르게 가르침을 많이 받고 있었고.

그런데 그게 유하성에게는 별거 아닌 것이라는 점이었다.

"나도 마찬가지다. 이런 기회 흔치 않아. 심지어 사숙님께서 배운 건 태극권 하나뿐이야."

"근데 제운종을 우리보다 더 잘 펼치시지. 제운종 같으면서도 미묘하게 다르고."

"저게 원류일 수도 있어."

"아니면 보다 더 개량되고 발전된 제운종일 수도 있지."

원상이 고개를 주억거렸다.

어느 쪽인지는 확실하게 알지 못하지만 한 가지만은 확실했다.

두 사람이 익힌 제운종보다 유하성이 펼치는 제운종이 훨씬 더 뛰어났다.

"본산의 어르신들은 면장만 생각하고 계시지만."

"욕심내는 분들이 분명히 있을걸."

"그렇겠지. 도사라고 해서 욕망이 없는 건 아니니까."

"청정도문도 옛말이지."

원호가 쓴웃음을 지었다.

사람 사는 곳이 다 비슷하다는 말처럼 무당파 역시 마찬가지였다.

그의 가문보다 권력 다툼이 심하지는 않지만 그렇다고 아예 없는 건 절대 아니었다.

"네 입에서 그런 말이 나올 줄은 몰랐는데."

"나도 귀가 있다. 단지 못 들은 척하고 있을 뿐이지. 아직은 그럴 신분도 아니고. 다만 사숙님이 걱정되어서 그렇지."

"네 앞가림이나 잘하시지. 사숙님이 어떤 성격인지 아직도 모르겠냐?"

"알지. 근데 또 항렬은 무시 못 하니까. 성격대로 하기가 쉽나."

"크게 걱정할 필요는 없을 것 같은데. 사백조님이 계셔서."

원상은 어깨를 으쓱거렸다.

면장을 욕심내는 장로들은 많겠지만 직접적으로 달라고 하기는 힘들 터였다.

당장 유하성의 배분이 현 장로들과 같을뿐더러 명천이 두 눈을 부릅뜨고 있어서였다.

전대 장로들 역시 건재했고 말이다.

"은근히 비슷한 거 같지 않아?"

"뭐가?"

"사백조님이랑 사숙님의 성격이."

"으음."

느닷없는 질문에 원상이 고개를 갸웃거렸다.

그러나 비슷하다는 생각은 들지 않았다.

지금이야 성질이 많이 죽었다고 하지만 과거 명천은 누구도 감히 눈을 마주치지 못할 정도로 강력한 위엄을 가지고 있었다.

그러나 유하성은 그렇지 않았다.

"난 그렇게 느꼈는데."

"사숙님이 좀 더 부드럽지 않나? 펼치는 무공도 그렇고."

"내가 느끼기에는 잔뜩 웅크리고 있는 것 같았는데. 일단 대사형보다는 강한 것 같고."

"배분을 따지면 그게 이상하지는 않은데, 나이를 생각하면 신기하지. 근골이 그리 뛰어나신 건 아니니까."

항렬은 유하성이 높았으나 대사형과의 연배는 비슷했다.

그렇기에 원상은 더더욱 유하성이 대단하게 느껴졌다.

무당파의 최고 절학만 익힌 대사형과 달리 유하성이 배운 건 태극권 하나뿐이었다.

그마저도 면장을 복구한다고 연구한 시간을 감안하면 엄청난 성장 속도였다.

"내가 그래서 사숙님을 존경하는 거야. 오로지 노력과 근성으로 저 수준까지 오르신 거니까. 동시에 나도 할 수 있다는 생각도 생기고."

"쉽지는 않겠지."

"맞아. 그런데 '할 수 있을까?'와 '할 수 있다'는 엄연히 다르니까."

"그렇지."

원상이 씨익 웃었다.

두 사람에게 있어 유하성은 하나의 지침표였다.

막연한 가정이 아닌 직접 볼 수 있는 결과였기에 둘 다 의욕이 샘솟았다.

"어서 가자고. 대화하는 사이에 거리가 더 벌어졌어."

"진짜 대단하시다니까."

어느새 희끗한 점이 되어 버린 유하성의 모습에 원호가 허벅지에 힘을 주었다.

공력을 사용하지 않는 게 지금 훈련의 규칙이었기에 원호는 오직 체력과 지구력만 사용해야 했다.

"흐아압!"

"하압!"

이윽고 두 사람의 신형이 빠르게 나아가기 시작했다.

武當霸王
무당
폐왕

벌어진 격차를 좁히고자 속도를 더 올린 것이었다.

사찰 음식 특유의 정갈하고 심심한 아침 식사를 마치고 유하성은 밖으로 나왔다.

경내에 은은하게 울려 퍼지는 동자승들의 기합 소리에 발이 절로 움직였던 것이다.

잠시 후 탁 트인 연무장에 수십 명의 아이들이 모여 소림사의 기본공이자 무당파의 태극권처럼 거의 대부분의 무인들이 알고 있는 나한권을 수련하는 게 보였다.

너무 많이 알려진 무공이기에 공개 수련을 하는 듯했다.

"차합!"

우렁찬 기합 소리와 함께 절도 있게 움직이는 동자승들의 팔다리를 보며 유하성은 자기도 모르게 미소를 지었다.

엄청난 기세나 위압감이 느껴지지는 않지만 아이들의 초롱초롱한 눈빛과 의지를 보자 미소가 절로 지어졌다.

그리고 옛날 생각이 났다.

자신도 예전에는 저렇게 다 함께 수련했던 적이 있었다.

"후후."

기간이 그리 길지는 않았지만 그때의 기억은 지금도 소중하게 남아 있었다.

얼마 없는 추억이기도 했고 말이다.

동시에 유하성은 새삼 하남성은 복건성과 다르다는 생각

이 들었다.

파산권이라는 별호와 함께 복건성에서는 나름 유명 인사였으나 이곳에서는 달랐다.

'오히려 더 좋긴 하지만.'

무명이 높아지는 건 좋았으나 그로 인해 별의별 사람들이 다 꼬였다.

어디의 누구네, 자신이 어떤 인물이네 하는 것들 말이다.

그리고 어떻게든 그를 이용해 먹으려고 하는 게 보였기에 유명세도 좋지만 귀찮았던 것도 사실이었다.

하지만 이곳에서는 그를 알아보는 이가 단 하나도 없었다.

'아직 갈 길이 멀다는 걸 뜻하기도 하겠지.'

거품처럼 사라진 유명세였으나 유하성은 실망하지 않았다.

계속 정진하다 보면 대청표국에서처럼 그의 무명은 서서히 알려질 터였다.

그리고 그의 목표는 유명해지는 게 아니었다.

정확하게는 사부가 걸어온 길을 증명하는 것이었다.

"예전 생각이 나시나 봅니다."

"나도 합동 수련을 한 적이 있으니까. 오랜 기간 하지는 않았지만."

"기초 훈련 때죠? 저도 했었습니다."

"전통이니까."

진산제자와 속가제자의 구분 없이 입문했을 때는 무조건 해야 하는 게 합동 수련이었다.

친목도 다지고 얼굴도 익히는 자리였다.

그런데 냉정하게도 시작은 다 같이하지만 마지막까지 남는 이들은 얼마 없었다.

각기 다른 이유로 나중에는 흩어졌다.

"운때가 안 맞는 것 같습니다. 성승을 뵙지는 못하더라도 나한승들은 볼 수 있을 거라 생각했는데."

"아쉬우면 지금이라도 일대제자인 걸 밝히고 내원으로 들어가."

"저는 괜찮습니다. 사숙께서 아쉽지 않으실까 싶어서요. 이왕 여기까지 왔는데 소림사의 고수들을 보는 것도 좋은 경험이 되지 않겠습니까."

"네가 보고 싶은 건 아니고?"

유하성이 피식 웃었다.

소림사가 처음인 건 피차일반이어서였다.

"저는 소림사가 처음이지만 무당산에서는 제법 마주쳤습니다. 비무도 해 봤었고요."

"비무라."

유하성이 턱을 쓰다듬었다.

이번 강호유람은 단순히 무림을 둘러보기 위해서이기도 했지만 비무나 대련을 마다할 생각은 없었다.

애초에 목표가 다양한 경험을 쌓는 것이었다.

겸사겸사 자신의 무명과 사부의 이름을 알릴 수 있으면 알리고 싶었고.

"한번 알아볼까요?"

"됐어. 인연이 아닌 거지. 네 말대로 굳이 소림승을 이곳에서만 찾아야 할 이유는 없으니까."

"그래도 구룡 중 일인이자 수좌에 꼽히는 무룡(武龍)을 한번 보는 건 나쁘지 않다고 생각합니다."

"신분을 밝힌다고 쉽게 만날 수 있을까?"

"으음."

원상이 침음을 흘렸다.

그와 원호가 일대제자이고 유하성의 배분이 무당파의 현 장로들과 같다고 하나 엄밀히 말하면 셋 다 무명소졸이었다.

단순히 무당파의 제자라고 해서 무룡을 불러내기에는 격이 맞지 않았다.

말은 전할 수 있으나 무룡 측에서 거절할 가능성도 충분했고.

"순리대로 가자고, 순리대로."

"알겠습니다. 아, 그리고 보고드릴 게 있습니다."

"보고?"

"대청표국에 관한 겁니다. 주기적으로 연락을 주고받고 있습니다."

유하성이 관심을 보였다.

다른 곳도 아니고 대청표국의 소식이라고 하니 고개를 돌렸던 것이다.

"어떻대?"

"괄목적이진 않지만 꾸준히 잘해 나가는 것 같습니다. 특히 국주님이 과욕을 안 부리시고 차근차근 잘하시는 듯합니다."

"욕심을 부리지 않는 게 중요하지."

"표사로 지원하는 이들도 꾸준히 늘고 있다고 합니다."

한마디로 크게 걱정할 게 없다는 보고에 유하성은 고개를 주억거렸다.

예상했던 대로 큰 문제 없이 잘 헤쳐 나가고 있는 듯해서였다.

"여기 있었군."

"누구십니까?"

그때 두 사람의 곁으로 한 명이 다가왔다.

바로 새벽에 유하성을 훔쳐보던 거지 청년이었다.

"반갑네. 이춘상이라고 하네."

"아, 예."

딱 봐도 개방 소속으로 보이는 거지 청년의 인사에 원상이 반사적으로 대답했다.

너무나 자연스럽게 다가오니 순간적으로 인사를 받아 준

것이었다.

　반면에 유하성은 이미 겪어 봤기에 전혀 당황하지 않았다.

　"가는 게 있으면 오는 게 있어야 하지 않나?"

　"원상이라고 합니다."

　"역시 무당파의 제자였군."

　이춘상이 씨익 웃었다.

　도명만 듣고도 단번에 무당파를 유추해 냈던 것이다.

　그런데 그 모습에 유하성이 실소를 흘렸다.

　"다 알고 왔으면서."

　"대충 짐작은 했지. 무당파의 제자들은 특유의 분위기가 있거든. 도문(道門)이라고 해서 다 비슷비슷하지는 않단 말이지. 화산이 산세를 닮아 뾰족뾰족한 느낌이 있다면 무당은 좀 둥글둥글한 느낌이지. 내가 사람들을 많이 만나 보기도 했고."

　이춘상이 부연 설명을 하며 거들먹거렸다.

　그러나 원상이 살짝 놀라는 것과 달리 유하성은 딱히 관심이 없었다.

　개방이라는 세력에 원래부터 관심이 없기도 했었고.

　반면에 원상은 남몰래 이춘상이라는 이름을 곱씹었으나 딱히 떠오르는 건 없었다.

　'특이한 제자라면 분명 세간에 알려져 있을 텐데.'

　거지이지만 이상하게 거지답지 않은 느낌이 이춘상에게는

있었다.

특히 꾀죄죄한 모습임에도 외모가 조금도 빛이 바래지 않았기에 원상은 고개를 갸웃거렸다.

"원 자 돌림이면 일대제자겠군. 그럼 자네도 일대제자인가?"

"뭐가 그렇게 궁금한지 모르겠군."

"궁금할 수밖에. 자네도 그래서 어제 날 유심히 살펴보지 않았나."

"지금은 아냐."

"난 여전히 궁금한데 말이지. 근데 자네 이름은 말해 주지 않을 건가?"

쌀쌀맞게 대하는데도 조금도 기분 나쁜 기색 없이 이춘상이 웃으며 물었다.

거지라기보다는 태생적으로 넉살이 좋은 성격인 듯싶었다.

"유하성이다. 짐작한 대로 무당파의 제자다."

"도명이 없는 걸 보니 속가제자로군?"

"맞아."

"흐음."

이춘상이 고개를 갸웃거렸다.

도명을 받지 않았을 뿐이지 속가제자도 진산제자와 똑같은 항렬을 인정받는다고 하지만 실상은 조금 달랐다.

예의는 지키나 알게 모르게 차별이 있었다.

무당파만 아니라 다른 도가 계열 문파들 전부 다 그랬다.

그런데 유하성을 대하는 원상이나 다른 일대제자의 태도
는 여느 진산제자들과 달랐다.

게다가 무당파의 제자들임에도 평범한 무복을 입고 있다
는 사실도 이춘상은 이상했다.

"의심스럽나?"

제12장 남궁세가에서

유하성이 단도직입적으로 물었다.

냉정하게 말해 충분히 수상하게 볼 수 있어서였다.

그러나 유하성의 말에도 이춘상은 고개를 저었다.

"설마하니 내가 무당파의 송문고검도 못 알아볼까."

"비슷한 검을 가지고 다니는 이들도 많다고 그러던데?"

"많지는 않지만 적지도 않지. 무당파의 제자인 척 행세하는 이들은 꽤 있으니까. 그런데 무당파 특유의 보신경은 따라 할 수 없지."

"호오?"

"아, 물론 자네는 보고도 전혀 몰랐어. 분명 규칙은 있는데 너무 평범하다고나 할까. 기본기에 지극히 충실해서 처음에는 무당파를 떠올리지 못했지."

씨익 웃으며 이춘상이 원상을 쳐다봤다.

송문고검도 그렇고 원상의 움직임을 보고 알아차렸다는 눈빛이었다.

하지만 그 눈짓에도 원상은 어깨를 으쓱거렸다.

무당파의 제자임을 굳이 숨기려고 했던 게 아니었기에 들켰다고 해도 상관없었다.

"개방은 개방이네요."

"정보력으로는 천하제일이니까."

이춘상이 자부심 가득한 표정을 지었다.

개방이 천하제일문파는 아닐지라도 정보력만큼은 능히 천하제일이라고 말할 수 있었다.

그런데 그때 유하성이 입을 열었다.

"천하제일이 아니라 천하에서 세 손가락 안에 드는 거 아닌가?"

"어?"

"하오문이랑 어디더라. 상계 쪽의 가문 하나가 개방에 못지않다고 들은 거 같은데. 분야가 조금 다르기는 하지만."

"헉!"

이춘상이 깜짝 놀랐다.

강호초출로 보이는 유하성이 그 사실을 알고 있을 줄은 몰라서였다.

원상이나 함께 있던 다른 일대제자 역시 무림에는 아직 알려지지 않았기에 강호 사정에 그리 밝지 않을 줄 알았는데 정말 의외였다.

"무림인이면 다 아는 사실이더만."

"그래도 강호에 한해서는 우리가 더 뛰어나다. 하오문은 아무래도 전문 분야가 따로 있고. 금와장(金蝸莊)은 상계에 한해서 정보력이 뛰어난 거고."

"큰 차이는 없다던데."

"흠흠! 그래도 첫손에 꼽히는 건 개방이네."

이춘상이 단호하게 말했다.

이것만은 절대 양보할 수 없다는 듯이 말이다.

"근데 무슨 목적으로 온 거지?"

"거창하게 목적은 무슨. 그냥 안면도 있고 하니 담소 좀 나눌 겸 해서 온 거지."

"궁금한 게 아니라?"

"그것도 겸사겸사. 이것도 인연인데 친해져서 나쁠 건 없지 않나?"

이춘상이 넉살 좋게 웃었다.

어떻게 보면 참 뻔뻔하기 짝이 없는 행동인데 이상하게 밉지는 않았다.

약삭빠르지만 밉상은 아닌 느낌이라고나 할까.

그래서인지 원상도 딱히 적대감을 가지진 않았다.

"개방도는 다 이러나?"

"기본적으로 넉살이 좋기는 합니다. 먹을 걸 얻어먹으려면 일단 넉살이 있어야 하니까요."

원상이 적당히 순화해서 말했다.

있는 그대로 말하면 아무리 이춘상이라도 기분이 나쁠 게 분명해서였다.

그리고 개방과는 가급적 우호적인 관계를 유지하는 게 여러모로 좋았다.

이춘상의 말마따나 적어도 무림과 관계된 부분에서는 개방의 정보력이 가장 뛰어났다.

"꿍꿍이속이 있어 보여서 그렇지."

"싫다는데 억지로 붙들고 매달릴 생각은 없네. 새벽에 자네 말을 듣고 느낀 것도 있고. 만약 수준이 되면 그땐 받아줄 거 아닌가?"

"그때도 같이 있는다면야."

유하성이 어깨를 으쓱거렸다.

사실 이춘상의 실력도 보통은 넘었다.

다만 격 운운했던 건 귀찮아서였다.

괜히 소림사에서, 그것도 꼭두새벽에 소란을 일으키고 싶지 않았고.

"일개 무인으로 소림사를 방문한 걸 보면 따로 이유가 있는 것 같지는 않고. 강호유람 중인가?"

"눈치는 확실히 빠르네."

"젊은 나이 아냐. 딱 보면 척이지."

이춘상이 씨익 웃었다.

이 정도 유추하는 건 아무것도 아니어서였다.

"근데 두 분은 서로 나이를 모르시지 않습니까?"

"응? 또래 아닌가? 난 서른인데."

"나도 서른."

"캬하! 역시 내가 운명을 느꼈다니까! 눈이 마주친 순간 동갑인 걸 알았지!"

초면이나 다름없는데도 이상하게 서로 편히 대하는 모습에 원상이 의문을 제기했다가 피식 웃었다.

넉살도 이런 넉살이 없어서였다.

하지만 유하성은 운명이라는 단어가 나오자 헛웃음을 흘렸다.

"남자한테서 운명이란 말을 듣고 싶지는 않은데."

"에이. 뭐 어때? 그럼 인연 정도에서 합의를 보자고. 너도 그렇게 생각하지 않아? 소림사에서 개방과 무당파의 제자가 만나다니. 보통 인연이 아니지."

"너만 그렇게 생각하는 거지."

"거참, 까칠하기는."

이춘상이 눈을 흘겼다.

처음 봤을 때도 느꼈지만 참 가시가 있는 성격이었다.

그러나 애석하게도 아쉬운 쪽은 그였다.

그러니 그로서는 어쩔 수 없이 비위를 맞춰 줄 수밖에 없었다.

'성격이 더러운 건 아니니까.'

별종이라 불리는 이들도 많이 상대해 봤던 이춘상이었다.

그렇기에 이 정도는 애교 수준에 불과했다.

"싫으면 가."

"고생이 많겠어."

"아하하."

대놓고 측은하다는 눈빛을 보내오는 이춘상의 말에 원상이 어색하게 웃었다.

그로서는 긍정하기도 부정하기도 애매해서였다.

그래서 원상은 대충 웃음으로 때웠다.

"소림사에는 얼마나 있을 생각이야?"

"글쎄. 따로 정해 놓은 건 아니라서."

"그럼 남궁세가에 가는 건 어때?"

"남궁세가?"

뜬금없이 남궁세가를 거론하자 유하성은 물론이고 원상도 고개를 갸웃거렸다.

그런 둘의 모습에 이춘상이 씨익 웃으며 말을 이었다.

"용봉회라고 오래된 후기지수들의 모임이 있어. 벌써 한 삼백 년은 됐을걸? 그렇다고 해서 정도무림에 엄청난 영향력을 지닌 건 아닌데, 그래도 역사가 좀 깊어서인지 일 년에 한 번씩 주기적으로 모여. 그 용봉회가 이번에는 남궁세가에서 열리거든."

"그래?"

"별로 관심 없는 눈치네?"

귀신같이 유하성의 생각을 꿰뚫어 본 이춘상이 살짝 당혹스러운 표정을 지었다.

이립이라는 나이는 약관에 비하면 많은 건 사실이지만 그렇다고 청춘이 아닌 건 아니었다.

그리고 나이가 많건 적건 남자는 남자였다.

한데 유하성은 한창 혈기 왕성한 나이대임에도 불구하고 딱히 관심을 보이지 않았다.

"어차피 난 못 가지 않나? 용봉회면 명문세가의 자제들이나 되어야 초대장을 받을 수 있지 않나?"

"생각은 있나 보네?"

"강호에 나온 김에 명승지를 돌아볼 생각이거든. 소림사도 그래서 온 거고."

"아아."

이춘상이 고개를 주억거렸다.

그런 이유라면 이렇게 지내는 것도 이해가 되었다.

배경을 이용해 대접받고 싶어 하는 이들이 있는 반면에 유하성처럼 있는 듯 없는 듯 조용히 왔다 가는 이들도 있었다.

"저기. 가고자 하신다면 갈 수는 있습니다."

"무당파의 일대제자면 충분히 들어갈 수 있지. 신분만 확실하다면야."

원상이 조심스럽게 말했다.

용봉회는 후기지수들의 모임이니만큼 무당파의 일대제자들도 당연히 참여할 수 있었다.

장로들과 같은 배분인 유하성도 당연히 가능했고.

참여하는 것 정도는 어렵지 않았다.

"용봉회라."

"재미있을 것 같지 않나?"

중얼거리는 유하성을 쳐다보며 이춘상이 은근한 어조로 말했다.

무언가를 잔뜩 기대하는 표정을 지으면서 말이다.

"근데 넌 왜 안 가고 있어?"

"그냥 용봉회는 재미없지만 앞에 있는 유씨 성을 가진 친구가 가면 재미있어질 것 같아서 말이지."

"넌 들어갈 수 있고?"

"물론. 내가 이래 보여도 개방에서 나름 방귀깨나 뀌는 사람이야."

이춘상이 어깨를 으쓱거렸다.

남궁세가에 출입하는 것쯤은 그에게 있어 아무것도 아니었다.

"저는 나쁘지 않다고 생각합니다. 남궁세가도 한 번쯤은 가 볼 만한 장소이니까요."

"맞아. 소림사만큼은 아니지만 남궁세가도 역사와 전통이 있지. 사천당가와 함께 단 한 번도 외부의 침입을 허용하지 않은 곳이기도 하고."

"호오."

"그러니까 이참에 가 보는 게 어때? 삼화의 미모는 정말 대단하다고. 보는 순간 뻑 갈걸? 이건 농담이 아냐. 진짜 얼이 빠진다고. 무엇을 상상하든 그 이상이야."

이춘상이 자신만만하게 말했다.

자존심이 상하지만 그도 삼화를 처음 본 순간 정신을 차리지 못했다.

그 정도로 무림삼화라 불리는 여인들의 미모는 천상계라는 단어가 절로 나올 정도로 대단했다.

"저도 그렇다고 들었습니다."

"못 오를 나무기는 한데, 그렇다고 보지 못하는 건 아니니까."

"저는 애초에 불가능한 신분이고요."

"진산제자는 그렇지. 나 역시 마찬가지고. 거지는 처자식을 먹여 살릴 수가 없으니. 하지만 그럼에도 이 몸은 풍류를 알지!"

둘이 떠들거나 말거나 유하성은 턱을 쓰다듬었다.

안 그래도 다음 일정이 딱히 정해지지 않은 상태였다.

소림사는 꼭 한번 와 보고 싶었기에 가장 먼저 선택했었다.

그러나 다음으로 갈 장소는 정해지지 않았다.

'남궁세가라.'

달리 천하제일검가라 불리는 남궁세가를 떠올리며 유하성이 속으로 중얼거렸다.

용봉회나 구룡삼화는 별로 궁금하지 않았지만 남궁세가는 달랐다.

남궁세가가 있는 안휘성은 하남성과 맞닿아 있기도 했고.

"갈 거면 같이 가자고. 내가 길 안내를 해 줄 테니까. 천하가 내 손바닥 안에 있거든. 시간이 좀 촉박하기는 한데, 내가 아는 지름길로 가면 충분히 용봉회가 열리기 전에 도착할 수 있어."

고민하는 기색을 읽은 모양인지 이춘상이 은근슬쩍 꼬드겼다.

그런데 원상은 말리지 않았다.

소문으로는 수도 없이 들었지만 구룡삼화를 직접 본 적은 없었기에 내심 궁금했던 것이다.

"흠흠! 이번 기회에 후기지수들을 만나 보는 것도 나쁘지 않다고 생각합니다."

"가겠다고 하면 내가 길잡이 제대로 해 줄게. 한번 믿어

보라니까? 장담하는데 내가 아는 길로 가면 최소 삼 일은 단축할 수 있다.”

이춘상이 가슴을 탕탕 두드렸다.

아직 비무를 포기하지 않은 그였기에 우선은 어떻게든 붙어 있어야 했다.

친해져야 자연스럽게 비무도 하고 대련도 할 수 있을 테니까.

더불어 유하성을 본 이들의 반응도 궁금했다.

‘하늘 위에 하늘이 있고, 그 위에 또 다른 하늘이 있음을 알아야지. 나만 당할 수 있나.’

이춘상은 속으로 키득거렸다.

상상하는 것만으로도 재미있을 것 같아서였다.

겸사겸사 천상의 미모를 가졌다는 무림삼화도 한 번 더 보고 말이다.

그녀들은 보고 싶다고 해서 볼 수 있는 미녀들이 아니었기에 이번 기회가 아니면 또 언제 볼 수 있을지 장담할 수 없었다.

두두두두!

안휘성의 성도인 합비에 수많은 마차들이 모여들었다.

오대세가의 한 곳인 남궁세가가 자리 잡고 있기도 했지만 기본적으로 성도인 만큼 오고 가는 상단이나 표국 들이 많았다.

거기에 용봉회까지 열리기에 합비는 인산인해를 이루고 있었다.

"어후, 흙먼지가 진짜."

"콜록콜록!"

쉴 새 없이 지나가는 마차들과 말들로 인해 거리 가득 흙먼지가 피어올랐다.

거기다 상인들까지 뛰어다니니 난장판도 이런 난장판이 없었다.

"역시 산에서 사는 것들이란."

"이럴 때는 확실히 유리해 보이기는 하네."

"당연하지. 우리는 흙먼지를 털 필요가 없어. 원래 기본적으로 가지고 있거든. 거기다 체취까지 가려 주지."

쉼 없이 기침하는 원호와 원상과 달리 이춘상은 두 팔을 활짝 벌렸다.

두 사람과는 다르게 온몸으로 흙먼지를 맞이했던 것이다.

"방문객으로서 예의가 있네."

"거지가 얼마나 편한데. 더러워도 다들 원래 그렇겠거니 생각한단 말이지."

"예찬은 그쯤 하고. 어디로 가야 돼?"

"쯧쯧! 아직도 촌놈티를 벗겨 내지 못했네. 딱 보면 모르겠어? 어디로 가야 하는지?"

武當霸王
무당
패왕

이춘상이 혀를 끌끌 찼다.

안휘성하면 합비이고 합비이면 남궁세가였다.

그 정도로 안휘성과 합비에서 남궁세가의 영향력은 절대적이었다.

거기다 용봉회라는 모임까지 있으니 길을 찾을 필요는 없었다.

"아, 사람들이 가장 많이 향하는 곳?"

"맞아. 정확하게는 오대세가나 명문세가의 깃발이 달린 마차를 따라가면 되지."

길을 모를 땐 따라가는 것도 한 가지 방법이었다.

물론 언제나 사용할 수 있는 방법은 아니지만 적어도 지금은 효과적이었다.

"그런 방법이 있었군."

"이 또한 삶의 지혜이지. 그렇지만 내가 길을 아니까 가자고. 여기 더 있다가는 둘 다 피를 토하겠다."

죽을 것처럼 기침하는 원상과 원호의 모습에 이춘상이 피식 웃으며 발걸음을 옮겼다.

그 모습에 유하성은 두 사질을 이끌고서 이춘상을 따랐다.

적당히 흙먼지를 가르면서 말이다.

"골목으로 오니까 좀 낫네."

"여기는 마차가 못 들어오니까. 아는 사람만 아는 길이지."

"그래. 너 잘났다."

"후우!"

흙먼지가 가라앉자 원호와 원상이 이제 좀 살겠다는 표정을 지었다.

정말 태어나서 처음 겪은 흙먼지 폭풍에 두 사람은 거지꼴을 하고서 숨을 골랐다.

"이거 내 동지가 늘어난 느낌인데?"

"금방 털어집니다."

이춘상의 진담 섞인 농담에 원상이 피식 웃으며 머리카락과 옷을 털었다.

그러자 흙먼지들이 우수수 떨어졌다.

"걸어가면서 털어. 금방이니까."

"정말 금방이네?"

"다 이 몸의 능력이지. 저기가 바로 남궁세가의 정문이야. 사천당가 다음으로 큰 대장원이지."

앞장서서 걸어가던 이춘상이 비켜섰다.

세 사람이 잘 볼 수 있게 눈치껏 피해 준 것이었다.

그러자 탁 트인 전경과 함께 거대한 장원이 한눈에 들어왔다.

주변에 있는 크고 작은 전각들이 왜소해 보일 정도로 남궁세가는 거대했다.

"담벼락이 성곽 같네요."

"대부분의 무림세가들은 저래. 우리 집도 그렇고."

소림사와 마찬가지로 남궁세가에도 한번 와 본 적이 있던 원호는 놀라지 않았다.

아주 어릴 때라 흐릿하기는 해도 기억에 있었기에 놀랄 것도 없었다.

"입장도 차별이 있는 모양이네."

"어쩔 수 없지. 아무나 안으로 들여보낼 수는 없으니까. 신분이 확실한 것도 있고. 게다가 다른 명문세가와 무문 들의 제자들도 방문하니까 더 신경 쓸 수밖에."

마차를 타고 곧장 정문을 통과하는 이들과 달리 길게 줄을 서서 철저하게 신원 확인을 하는 이들을 보며 유하성이 쓴웃음을 지었다.

만약 혼자 왔다면 자신도 저 줄에 서 있어야 했을 터였다.

물론 그랬다면 안에 들어가지 않고 외관만 둘러보고 다른 곳으로 떠났겠지만.

"가자고. 우리는 기다릴 필요 없어. 내 신분만으로도 금방 통과할 수 있으니까."

"개방도라고 해도 아무나 들여보내 주지는 않을 텐데?"

"나 개방 내에서 방귀 좀 뀌는 거지라니까."

"근데 왜 매듭이 없어?"

유하성의 시선이 이춘상의 허리로 향했다.

하지만 허리는 물론이고 몸 어디에서도 개방의 직급을 간

접적으로 말해 주는 매듭은 보이지 않았다.

그렇다고 갓 개방에 입방한 백의개가 남궁세가에 들어갈 수 있다고 자신만만하게 말할 수 있을 리도 없었고.

"내가 그래서 매듭을 안 하고 다니는 거야. 이 몸을 알아보면 많은 것들이 귀찮아지거든. 난 귀찮은 건 질색이라."

"흐음."

유하성은 물론이고 원호와 원상도 미심쩍은 시선을 보냈다.

끈덕지게 유하성에게 매달린 게 바로 이춘상이었다.

그런 이춘상이 귀찮은 걸 싫다고 하자 당연히 납득이 되지 않았다.

"뭐야? 그 눈빛들은? 심히 거슬리는데?"

"앞뒤가 안 맞으니까 그렇지. 거짓말은 아니지만 사기꾼의 냄새가 난다고나 할까."

"허어, 통재로다. 내가 이렇게나 신뢰가 없었다니."

"시끄럽고, 일단 들어가자고. 두 사람은 혹시 모르니까 신분패 챙기고."

"알겠습니다."

원상과 원호가 주억거렸다.

만약의 사태에 대비해서 나쁠 건 없어서였다.

유하성도 신분패가 있기는 하나 속가제자였기에 용봉회 같은 행사를 앞두고는 아무래도 바로 들어가기가 힘들었다.

끗발에서 밀린다고나 할까.

"어허! 나를 믿으라니까!"

"만약을 대비해서 나쁠 건 없으니까."

"꺼낼 일이 없어. 이 몸이 하나로 신분 확인 절차는 다 끝이야, 끝!"

이춘상이 호언장담했다.

그러나 유하성은 맞장구를 쳐 주기는커녕 한 귀로 듣고 한 귀로 흘리며 남궁세가의 정문으로 걸어갔다.

그야말로 인산인해를 이루고 있는 이들로 인해 정문까지 걸어가는 것 또한 일이었다.

성큼성큼 걸어가는 네 사람의 모습에 줄을 서서 차례를 기다리던 모든 이들의 시선이 그들에게 꽂혔다.

'이런 시선은 또 처음이네.'

경계와 호기심이 섞인 눈빛들에 유하성이 피식 웃었다.

확실히 하산을 하니 다양한 경험을 하게 되는 것 같았다.

새삼 자신이 무명소졸이란 걸 느낄 수도 있었고 말이다.

복건성에서나 파산권이 유명했지 안휘성에서는 아니었다.

"무슨 일로 오셨습니까?"

"용봉회에 참석하려고 왔소이다."

"초대장이 있으십니까?"

세 사람을 이끌고 위풍당당하게 정문에 도착한 이춘상이 정문위사의 말에 당당하게 고개를 저었다.

그러자 말끔한 복장의 정문위사가 당혹스러운 표정을 지었다.

줄을 서지 않고 오기에 당연히 초대장을 받은 일행이라고 생각했는데 없다고 하자 어처구니가 없었던 것이다.

하지만 겉으로 그러한 기색을 드러내지는 않았다.

"초대장은 없지만 대신 다른 게 있소이다."

스윽.

거지답게 아무런 짐도 없이 여기저기 기워 입은 옷 한 벌이 다인 이춘상이 정문위사를 향해 품을 살짝 벌렸다.

무언가를 보여 주려는 듯싶었다.

그런데 그걸 본 정문위사의 두 눈이 휘둥그레졌다.

"드, 들어가시죠."

"수고하시오."

"감사합니다."

깜짝 놀란 티가 완연한 정문위사의 표정에 원상은 물론이고 원호도 궁금하다는 표정을 지었다.

대체 무엇을 봤기에 저런 표정을 짓는지 궁금했던 것이다.

하지만 이춘상은 따로 설명할 생각이 없는지 정문위사의 어깨를 두어 번 두드리고는 고개를 돌렸다.

"들어가자고?"

"거짓말이 아니었네?"

"신의로 지금의 명성을 쌓아 온 게 개방이다. 장난삼아 거짓말을 하기는 해도 이런 일에 남을 속이진 않아."

"신기하네. 사실 크게 기대하지 않았는데."

비켜 주는 정문위사를 지나치며 유하성이 피식 웃었다.

호언장담하기는 했으나 크게 믿지는 않아서였다.

그리고 그건 원상과 원호도 마찬가지였다.

"머무실 거처로 안내해 드리겠습니다."

"적당한 곳으로. 너무 과할 필요 없이. 알겠지?"

"네."

정문을 지나치기 무섭게 하인 하나가 다가왔다.

대장원인 만큼 거처를 안내해 주기 위해서였다.

잠시 후 하인은 외원에서도 살짝 외진 곳으로 네 사람을 안내했다.

"적당하네. 혹시 나 말고 개방에서 온 사람 있나?"

"제가 알기로는 아직까지 없는 것 같습니다."

"만약 오면 여기다 다 밀어 넣으려고 그랬지?"

"어……."

십 대 후반으로 보이는 하인이 당황한 표정을 지었다.

순간적으로 훅 들어오는 질문에 말문이 막힌 것이었다.

"나무라는 게 아냐. 왠지 그럴 것 같아서. 다른 곳도 비슷하니까."

"필요하신 게 있으시면 방에 있는 종을 흔드시면 됩니다."

"그래. 고생했어."

"예."

남궁세가의 식솔답게 곧바로 표정 관리하는 하인의 어깨를 두드리며 이춘상이 몸을 돌렸다.

그런 그의 입가에는 자신만만한 미소가 맺혀 있었다.

"봤지? 나 이런 사람이야."

"괜찮네. 난 다닥다닥 붙어 있는 숙소를 생각했었는데."

"저희의 신분을 밝혔으면 그 정도까지는 아닐 겁니다."

한껏 거들먹거리는 이춘상에게는 시선 하나 주지 않고서 유하성이 앞으로 머물 단층 목조건물을 찬찬히 둘러봤다.

고급스럽다거나 특별하다는 느낌은 없지만 다른 곳과 살짝 동떨어져 있어 수련하기에는 편할 것 같았다.

"어때? 괜찮지?"

"응. 개방도인 게 이럴 때는 도움이 되네."

"……늦지 않게 올 수 있었던 게 누구 덕인지 잊은 거야?"

"사실 난 별로 생각 없었는데 말이지."

"참나."

어깨를 으쓱이며 대답하는 유하성을 이춘상이 못마땅한 눈으로 쳐다봤다.

그냥 고맙다고 한마디 하면 될 걸 단 한마디도 지지 않았다.

"그래도 편히 들어온 건 사실이니까. 애썼다."

"됐다. 엎드려 절받기도 아니고. 근데 무당에서는 안 왔나? 무당파에도 초대장이 갔을 텐데? 구룡 중 한 명이 있잖아? 무당파에도."

"이번에는 참석 안 하는 걸로 알고 있습니다. 용봉회에 참여하는 게 강권은 아니니까요."

"그런가. 하긴, 지금 무당파는 여러모로 바쁜 시기이니까."

이춘상이 납득한 표정을 지었다.

장문인과 장로들이 바뀌면서 당분간은 내부적으로 바쁠 수밖에 없었다.

무당파가 작은 마을의 무관도 아니니까.

"일단 짐부터 풀자고."

"난 풀 게 없는데?"

각자 봇짐을 메고 있는 것과 달리 이춘상은 아무런 짐이 없었다.

그러나 유하성은 그가 말하거나 말거나 건물 안으로 들어갔다.

다음 날 유하성은 어제 그들을 안내해 준 하인을 따라 연회장으로 향했다.

오전부터 용봉회가 시작되었기에 늦지 않게 출발한 것이었다.

물론 주도적으로 세 사람을 달달 볶은 건 이춘상이었다.

처음에는 올 생각이 별로 없었단 말과 달리 이춘상은 날이 밝자마자 아침 수련을 끝내고 세 사람을 이끌었다.

"너 오기 싫어했던 거 아니었어?"

"그랬지. 근데 널 만나고 생각이 달라졌어."

"무슨 말인지 모르겠네."

"생각할 거 없어. 그냥 구경 삼아 가는 거니까. 이런 자리가 어디 흔한 줄 알아?"

"근데 넌 왜 안 오려고 했어?"

유하성이 어처구니없다는 표정을 지었다.

이번에도 말의 앞뒤가 안 맞아서였다.

"난 이미 다 봤으니까. 아, 그렇다고 해서 내가 유명 인사는 아냐. 나를 아는 사람은 별로 없거든. 너보다는 조금 더 알려져 있지만. 근데 너나 두 사람은 구룡을 본 적이 없다며? 셋 다 대부분의 삶을 무당산에서 보냈다며."

"우리에게 소개해 주기 위해서다?"

"소개는 무슨. 나 그렇게 대단한 사람 아니라니까. 그냥 보여 주는 거지. 정도무림을 추후 이끌어 갈 후기지수들을 말이야."

"너도 후기지수면서."

"너나 나나 우리는 이제 좀 나이가 그렇지. 후기지수와 중견의 사이에 있다고나 할까."

유하성이 고개를 절레절레 저었다.

참 말이 많은 녀석이었다.

많이 먹어서 그런지 입도 좀처럼 쉬지 않았다.

"이 안으로 들어가시면 됩니다."

"고생했어."

"아닙니다. 그럼."

안내하던 하인이 공손하게 꾸벅 인사한 후 몸을 돌렸다.

연회장을 담당하는 하인, 하녀 들이 따로 있기에 물러난 것이었다.

안내해야 하는 이들이 아직 많기도 했고.

"근데 너무 일찍 온 거 아닙니까? 주인공은 마지막에 등장하는 법인데."

"미리 와서 자리 잡아 놔야지. 사람들 잘 보이는 자리로. 그리고 먼저 와야 음식도 후딱후딱 나오지 않겠어?"

"술도 마시고요?"

원상이 피식 웃으며 말했다.

개방의 거지들이 술귀신이라는 건 아주 유명했다.

끼니는 걸러도 술은 거르지 않는 게 개방도들이었다.

"아니. 나 술 끊으려고."

"예?"

그런데 생각지도 못한 대답이 들려왔다.

이춘상이 진지한 어조로 금주를 표명했던 것이다.

그 말에 원상은 물론이고 원호도 믿을 수 없다는 표정을 지었다.

어떻게 보면 개방도가 빌어먹지 않겠다는 말이나 마찬가지였기 때문이다.

"취권과 취보가 내 특기지만, 그것만으로는 부족하다고 느껴서 말이지."

이춘상의 시선이 유하성에게로 향했다.

이런 결심을 한 이유가 마치 그라는 듯이 말이다.

"그렇습니까."

"이 녀석을 만나고서 느끼는 게 아주 많아. 대신 화식만은 끊을 수 없어. 주락은 포기했지만 식도락은 포기할 수 없지. 가자!"

이춘상이 세 사람을 이끌고서 연회장으로 들어갔다.

많은 인원이 찾아오리라 예상한 모양인지 연회장은 실외에 있었다.

하지만 곳곳에 천막처럼 햇빛을 차단한 막과 원탁, 의자가 있어 편히 쉬는 것도 가능했다.

그중 이춘상은 연회장이 한눈에 보이는 장소로 셋을 이끌었다.

"이른 시간인데도 사람이 많네요."

"흐음."

연회장 내부가 한눈에 들여다보이는, 그러면서도 살짝 외진 절묘한 자리를 기가 막히게 찾아낸 이춘상이 마치 자기 집인 것처럼 편안하게 앉았다.

자리가 따로 정해져 있는 게 아니었기에 선점한 것이었다.

그 옆으로 의자를 끌어와 앉은 원상과 원호가 살짝 놀랐다는 표정을 지었다.

예상과는 달리 의외로 연회장에 사람들이 많아서였다.

"일찍 일어난 새가 벌레를 빨리 잡는다는 말도 있잖아. 주인공이 아니면 부지런하기라도 해야지."

"그래서 술을 줄인 건가?"

"그렇지. 너무나 안타깝고 애석하게도 말이야."

이춘상은 유하성의 말에 순순히 긍정했다.

하지만 인정하는 것과 달리 이춘상의 표정은 어두웠다.

열 살 때부터 입문한 주도(酒道)를 끊어야 한다고 하자 단장과도 같은 고통이 심장과 뇌를 엄습해 왔다.

하지만 지는 건 그보다 더 싫었다.

"우리만 동떨어져 있네요. 다들 삼삼오오 모여 있는데."

"걱정하지 마. 이 몸이 다 설명해 줄 테니까. 걸어 다니는 인명록이 바로 이 몸이란 말씀. 저기 보이지? 가장 많은 이들이 우르르 모여 있는 곳. 저 중심에 서 있는 남자가 바로 현룡(玄龍)이야. 제갈세가 출신이지. 무공보다는 두뇌로 구룡에 오른 인물이야. 하지만 무공도 그렇게 떨어지는 건 아냐. 구룡 중에서나 말석이지 다른 후기지수들보다는 훨씬 뛰어나. 옆에 있는 이는 선우세가의 대공자고, 딱 봐도 닮아 보이는 여자는 여동생. 그리고……."

이춘상이 입을 쉬지 않고 놀렸다.

연회장을 담당하는 하녀들이 음식과 차를 가져다 놓자 그걸 먹고 마시면서도 이춘상은 입을 멈추지 않았다.

그런데 놀랍게도 한번 입안으로 들어간 음식은 절대 밖으로 튀어나오지 않았다.

말을 그렇게 하는데도 음식 조각 하나 흘러나오지 않았던 것이다.

"……대단한데?"

"그러게. 개방이 정보에 밝은 건 사실이지만 저 정도일 줄은 몰랐는데."

"대체 누구일까?"

원호가 조심스럽게 물었다.

개방이 대단한 세력인 건 맞지만 그렇다고 모든 거지들이 존중을 받는 건 아니었다.

그렇기에 원호는 이춘상의 진짜 신분이 궁금했다.

"나도 짐작 가는 사람이 없어."

"매듭도 없으니 몇 결 제자인지 알 수도 없고."

"보아하니 안면이 있는 사람은 아직 없는 거 같은데?"

원상이 빠르게 주변을 두리번거렸다.

자리를 잡고는 있으나 그렇다고 다른 이들의 시야에서 차단된 건 아니었다.

이춘상의 경우 대놓고 앉아 있기도 하고.

그런데 어느 누구도 인사하러 오거나 알은체를 하지 않았다.

"내가 보기에도. 근데 무복 안 갈아입어도 되나?"

"꼭 사문의 무복을 입어야 하는 건 아니니까. 저렇게 입는 것보다는 무난한 게 낫잖아?"

"맞아."

턱짓으로 원상이 한 사람을 가리켰다.

화려하다 못해 휘황찬란한 황금색 장포를 걸친 사내는 보는 이의 눈살이 찌푸려질 정도로 지나치게 장신구가 많았다.

무인인지 의문이 들 정도로 말이다.

그런데 보통 신분이 아닌지 주변에는 제법 많은 남녀가 모여 있었다.

"상계 쪽 같은데."

"무가나 무문의 후기지수만 오는 건 아니니까. 기본적으로 상계 쪽 인물들도 무공을 익히고 있기는 하고."

"개나 소나 다 무공을 익히니."

원호가 못마땅한 얼굴로 혀를 찼다.

저런 녀석들이 무인이라고 거들먹거린다고 생각하니 심기가 불편했다.

"근데 의외로 조용하네?"

"뭐가?"

"호승심 하면 원호 아냐? 사숙님도 들이받은 게 너잖아?"

"……왜 옛날얘기를 꺼내고 그래?"

원호의 얼굴이 일그러졌다.

개인적으로 잊고 싶었던 기억을 끄집어내서였다.

가까스로 잊어 가고 있었는데 원상이 꺼내자 다시 선명하게 기억이 났다.

"옛날얘기긴. 이제 한 달 좀 더 되었는데."

"싸우자는 거냐?"

"남궁세가까지 와서 굳이 우리끼리 싸울 필요가 있을까? 저기 저렇게 자유롭게 비무나 대련을 하고 있는데?"

원상이 눈짓으로 곳곳을 가리켰다.

그의 말마따나 괜히 널찍한 장소를 연회장으로 만든 게 아니라는 듯이 곳곳에서 대련과 비무가 이어지고 있었다.

상당히 자유로운 분위기에서 말이다.

그리고 그중에는 여자들도 있었다.

"과거를 끄집어내는 게 나한테는 도전장을 내미는 걸로 보여서 말이지."

"도전장은 무슨. 이젠 추억이지."

"추억이라."

원호가 복잡한 표정을 지었다.

아무래도 그에게는 좋은 추억이라 할 수 없어서였다.

오히려 민망하고 부끄러운 기억이었다.

"온 김에 몸 좀 풀고 가지? 너는 혼자 수련하는 것보다 대련하는 걸 좋아하잖아."

"별로 관심 없다. 구룡이라면 모를까."

원호는 고개를 저었다.

구룡이 아니면 딱히 관심이 가지 않아서였다.

"뭐, 결정은 네가 하는 거니까. 내가 이래라저래라할 수는 없지. 그래도 비무 신청하면 정색하지 말고 가급적 받아 줘. 지금 우리는 무당파의 대표니까."

"정확하게는 사숙님이 대표지. 우리는 사문을 대표할 급은 아직 아니지."

"허어. 네 입에서 그런 말이 나올 줄이야. 너 원호 맞지?"

"뭐라고?"

원호가 눈썹을 씰룩였다.

그냥 넘어가도 될 걸 콕 짚자 민망했던 것이다.

하지만 원상은 진심이었다.

그는 정말로 원호가 이런 말을 할 줄은 꿈에도 상상하지 못했다.

"이 모습을 다른 사형제들이 보면 다 놀랄걸? 너 사람 됐다고."

"그만해라."

"어쨌든 명심해. 괜히 사람 민망하게 만들지 말고. 이왕이면 우리 선에서 해결해야 하지 않겠어?"

"틀린 말은 아니네."

원호가 수긍했다.

용봉회가 좋은 자리인 건 맞지만 유하성이 아무하고나 어울릴 급은 절대 아니었다.

당장 자신만 하더라도 구룡이 아니면 성에 차지 않았고 말이다.

물론 반대로 구룡 역시 자신이 성에 차지는 않겠지만 무당파라는 배경을 이용하면 한 번 정도는 가능하지 않을까 생각했다.

'여기까지 왔으니 말이지.'

지금 이 자리에는 현룡만 있었으나 시간이 흐르면 다른 구룡들도 모습을 드러낼 터였다.

그렇기에 원호는 은근히 기대하는 표정을 지었다.

"자 자, 이제 남자 얘기는 그만하고 여인들로 넘어가자고. 지금까지 설명한 애들은 대충 기억하지."

"한 구 할 정도?"

"그 정도면 충분해. 만약에 마주치면 내가 도와줄 테니까. 사실 사내놈들 이름을 기억할 필요가 뭐가 있어? 예쁜 여자들이 저렇게 많은데."

"혼인도 못 하는 게."

"그러니까 이럴 때 눈요기라도 제대로 해야지."

유하성의 힐난에도 이춘상은 음흉하게 웃었다.

혼례를 못 올리는 것뿐이지 여자를 만나지 못하는 건 또 아니었다.

그리고 남자라면 음주가무를 비롯해 풍류를 알아야 했다.

"많이 해라."

"자, 저기 봐 봐. 저기 사내놈들이 우르르 모여 있는 곳 있지? 저 여인이 바로 무림삼화(武林三花) 중 한 명인 백화(白花) 서문예지야. 서문세가주의 여식이지. 별호대로 빙기옥골의 피부가 아주 인상적인 미인이지. 겉모습이 차가워 보이는데 성격도 마찬가지야."

"오."

"확실히."

이춘상의 설명에 원호와 원상도 슬그머니 고개를 돌렸다.

무림삼화에 대해 수도 없이 듣기는 했어도 이렇게 보는 건 처음이었다.

그렇기에 두 사람은 서문예지를 힐끔거렸다.

"어때? 굉장하지?"

"그러네. 개안한 느낌인데."

"내가 말했잖아. 소림사에서는 진짜 미인을 볼 수가 없다고. 여기 오길 잘했지?"

이춘상이 으스댔다.

백화를 자신이 데려온 건 아니지만 그녀가 남궁세가로 온다는 정보를 제공한 건 자신이었다.

그렇기에 이춘상은 히죽 웃으며 세 사람을 번갈아 쳐다봤다.

"나쁘지 않은 것 같습니다."

"허! 나쁘지 않다니! 삼화를 보는 게 어디 쉬운 일인 줄 알아?"

"이 소협도 아시다시피 저희는 혼인을 올릴 수가 없는 몸이라서요."

원상이 의미심장하게 웃었다.

좋은 경험인 건 맞지만 그렇다고 순순히 맞장구쳐 줄 정도는 아니었다.

"구룡도 있는데?"

"늦게라도 용봉회가 열리는 건 알았을 겁니다."

"하성이한테서 쓸데없는 걸 배웠네."

한마디도 지지 않는 원상의 말에 이춘상이 고개를 절레절레 저었다.

배우지 않아도 될 걸 원상이 배운 것 같아서였다.

"애들한테 왜 그래?"

"그래. 내가 나쁜 놈이다. 내가 못난 놈이야."

"흰소리 말고 음식이나 마저 먹어. 식으면 맛없으니까."

"슬슬 하나둘씩 나타나네. 어때?"

유하성을 따라 원상과 원호도 소식을 하고 있었기에 음식의 대부분은 이춘상의 입으로 들어갔다.

그러나 손과 입을 정신없이 놀리면서도 이춘상의 시선은 연회장 곳곳에 향해 있었다.

특히 하나둘 등장하는 구룡들에게 주로 머물렀다.

"뭐가?"

"에이, 알면서 왜 그래? 내가 뭘 묻는지 알잖아?"

"글쎄."

유하성이 의뭉스럽게 대답했다.

자신은 전혀 모르겠다는 듯이 말이다.

"감상을 묻고 있잖아. 네 눈에는 어떻게 보여?"

"좋은 기재들이네."

"흐음. 그게 다야?"

이춘상이 실망스러운 표정을 지었다.

이 정도 감상평은 누구나 할 수 있어서였다.

그가 원한 건 유하성의 신랄한 평가였다.

평소에 유하성이 가장 잘하는 것이기도 했고.

"뭘 더 말해? 근골도 좋고, 재능도 뛰어나고. 좋은 가문에 뛰어난 무공, 거기다 훌륭한 스승까지 있으니 빠른 성장은 당연한 거지."

"그래도 너보다는 못하잖아? 물론 나보다도."

"그건 모르는 거지."

유하성이 의미심장하게 웃었다.

은거고수가 모래알처럼 많은 곳이 무림이었다.

드러난 이들도 많았지만 반대로 꼭꼭 숨어 있는 이들도 많을 터였다.

일례로 앞에 있는 이춘상만 하더라도 그랬다.

"의뭉스럽긴. 좀 시원시원하게 대답해 주면 덧나냐?"

"너도 안목이 뛰어나잖아. 근데 왜 나한테 물어? 난 그냥 구경하러 온 거지 평가하러 온 게 아니다."

"겸사겸사 의견도 나누고 그러면 좋잖아."

투덜거리는 이춘상의 말에도 유하성은 우아하게 차를 들이켰다.

왜 저러는지 모르지 않았으나 그렇다고 동조해 줄 이유도 없었다.

"의견은 무슨. 우리가 무슨 자격으로. 지금까지 해 온 것처럼 알아서 잘하겠지."

"재미없는 녀석. 내가 기대한 반응은 이게 아닌데."

"그래도 고맙긴 해. 네가 아니었으면 이렇게 편안하게 용봉회를 구경하지는 못했을 테니까."

"사람 마음을 참 쥐락펴락 잘한다니까."

이춘상이 못 이기겠다는 듯이 혀를 삐죽 내밀었다.

말투는 까탈스럽기 그지없는데 이상하게 밉지가 않았다.

직설적이어서 그렇지 빈말이나 허언도 하지 않았고.

"너희 둘도 내 눈치 보지 말고 하고 싶은 대로 해. 춘상이의 말대로 좋은 기회이니까."

"알겠습니다."

원상과 원호가 고개를 숙였다.

일단 유하성을 보필하는 게 가장 중요했으나 이런 기회는 분명히 흔치 않았다.

더욱이 유하성의 허락도 떨어졌기에 원상과 원호는 빙그레 웃었다.

타앙!

정오도 되지 않았음에도 황보태석은 술을 벌컥벌컥 들이켰다.

독주도 아닌 술이었기에 마셔 봤자 취기는 오르지도 않았다.

애초에 주량이 범인들과 다르기도 했고.

"마음에 안 들어."

콧구멍을 벌렁거리며 황보태석이 씩씩거렸다.

비룡(飛龍)을 제외한 구룡이 전부 등장하자 대부분의 후기지수들이 그들에게 다가갔다.

온갖 아양과 아부를 떨면서 말이다.

"예상 못 한 것도 아닌데 왜 열을 내?"

"아니꼬우니까."

"그건 인정."

어려서부터 친하게 지냈던 서가장 출신의 서일명이 고개

를 주억거렸다.

티는 안 냈지만 그 역시 황보태석과 같은 마음이었다.

"둘 다 애먼 데 신경 쓰지 말고 이 자리나 즐겨. 이번에 새로운 얼굴들이 많은 거 같은데."

"세상물정 모르는 순진한 애들이 많았으면 좋겠는데."

"넌 너무 그런 쪽 애들만 좋아하더라. 뒤처리할 거 생각하면 좀 까진 계집애들이 좋아."

"그런 애들은 난 재미없더라. 너무 발랑 까져 있어. 이것저것 가르쳐 주는 재미가 없다고나 할까."

제13장 격이 달라

서일명과 마찬가지로 어려서부터 함께 몰려 다녔던 두 녀석이 시시덕거렸다.

그와 달리 살짝 취기가 오른 얼굴로 주변을 두리번거리면서 말이다.

내공을 이용하면 주정을 어느 정도 배출할 수 있었으나 둘다 그런 생각은 없어 보였다.

"재미도 중요하지."

"만남에는 다 재미가 있지. 설렘도 있고. 언제나 새 여자는 짜릿하니까."

"삼화 같은 애들이랑도 한번 질펀하게 놀고 싶은데 말이지. 몸도 얼굴만큼 예쁠까?"

"모르지. 그건 본 사람만 알겠지. 근데 우리 주제에 가능하겠냐?"

"쯧! 그래. 우리는 멋도 모르는 애들이나 건드리자. 그래야 뒷감당도 쉬우니까."

두 명이 동시에 입맛을 다셨다.

마음 같아서는 무림삼화를 양 옆구리에 끼고서 술판을 벌이고 싶었으나 그의 신분으로는 불가능했다.

무림삼화 쪽에서 그렇게 놀자고 하지 않는 이상은 말이다.

"쟤네나 나는 힘들지만 그래도 너는 가능하지 않아?"

"흥."

"아니라고는 말 안 하네."

서일명이 피식 웃었다.

아직 포기하지 않았음을 알 수 있어서였다.

그리고 그가 황보태석이었어도 쉽게 포기하기 힘들었을 터였다.

소화(笑花)나 난화(暖花)는 언감생심이지만 백화는 달랐다.

서문세가는 황보세가에 비하면 많은 것이 뒤떨어졌기에 황보태석이 충분히 노릴 만했다.

그걸 황보태석 역시 알고 있었고.

'다만 경쟁자가 만만치 않아서 그렇지.'

무위보다는 미모로 무림삼화에 들어간 게 서문예지였다.

물론 그렇다고 해서 무공이 엄청나게 부족한 건 아니었다.

다만 미모가 크게 부각되어서 그렇지.

게다가 난화와 소화에 비하면 배경이 어중간했기에 개나소나 다 들이대는 중이었다.

탕!

소화 남궁희수에 비해 두 배는 더 많은 사내놈들 사이에서 어색하게 응대하는 서문예지의 모습에 황보태석이 얼굴 가득 못마땅한 표정을 지으며 술잔을 단숨에 비웠다.

그러자 서일명을 제외한 두 명이 몸을 떨었다.

서가장이야 산동성에서 황보세가와 비슷한 위치라지만 둘은 아니었다.

"계속 지켜볼 거야?"

"당연히 아니지."

"분위기 좀 바꿔 보자고. 이곳에 구룡만 있는 게 아닌데. 알려지지 않아서 그렇지 네 실력은 구룡과 비교해도 뒤떨어지지지 않잖아."

"흥."

황보태석이 콧김을 내뿜었다.

꿈틀거리는 눈썹과 달리 그는 부정하지 않았다.

스스로도 구룡에 비해 결코 부족하지 않다고 생각해서였다.

단지 아홉 명이 먼저 유명해졌을 뿐이었다.

"슬슬 그걸 알려 줄 때가 된 거 같은데."

"그렇게 바람 넣지 않아도 움직일 거다."

"같이 가 줄까?"

"됐다."

황보태석이 자리에서 일어났다.

그러자 서일명의 머리 위로 음영이 졌다.

팔 척이 넘는 장대한 체구에 햇빛이 가려진 것이었다.

쿵쿵쿵쿵.

육중한 체격답게 발걸음 소리도 무거웠다.

그러나 주변이 워낙 시끄러웠기에 그에게 집중하는 이는 없었다.

"오랜만이야."

"아, 네. 황보 공자."

누나와 달리 초라하게 혼자 덩그러니 앉아 있던 서문광이 흠칫 놀랐다.

갑자기 생긴 음영도 음영이지만 듣고 싶지 않은 목소리에 몸이 절로 반응한 것이었다.

털썩.

황보태석이 맞은편 자리에 앉았다.

누가 봐도 불편해하는 기색이었으나 그는 전혀 개의치 않았다.

서문광의 기분 따위 그가 상관할 바 아니었으니까.

"그동안 잘 지냈나?"

"그럭저럭 잘 지냈습니다."

"그거 다행이군. 무탈하게 사는 것만큼 좋은 것도 없지."

황보태석이 씨익 웃었다.

하지만 그의 미소에 서문광은 여전히 어색한 표정을 지었
다.

"그, 그렇죠."

"서운하겠어. 누나한테는 사람들이 저렇게 모이는데 너한
테는 그렇지 않으니. 뭐, 그래서 내가 온 것이지만."

"가, 감사합니다."

서문광은 전혀 고맙지 않았지만 그 말을 입 밖에 꺼내지는
못했다.

괜히 미친개에게 빌미를 줘서는 안 된다고 생각해서였다.

"역시 내 마음을 잘 알아준다니까. 그래서 말인데, 동생에
게 한 가지 부탁이 있어."

"부, 부탁이요?"

"응. 별거 아냐. 동생에게는 아주 간단한 거지. 어때? 해
줄 수 있겠지?"

황보태석이 부드러운 목소리로 말했다.

그러나 그의 표정은 결코 부드럽지 않았다.

흘러나오는 기세 역시 위압적이었다.

말과 달리 지극히 압박적인 황보태석의 분위기에 서문광
은 마른침을 삼켰다.

"어떤 부탁인지 모르기에 확답은 못 드릴 것 같습니다."

"허어. 서문세가의 소가주가 이런 약한 소리라니. 가주님께서 고민이 많으시겠어. 자고로 사내대장부라면 패기가 있어야 하지 않겠나?"

"하하하……."

"동생에게도 나쁘지 않은 부탁일 거야. 잘되면 내가 매형이 되는 거니까. 동생은 처남이 되고. 나 같은 매형이 있으면 든든하고 좋지 않겠어?"

황보태석이 비릿하게 웃었다.

그러고는 멍청하게도 서문예지 곁에 모여 있는 수많은 사내놈들을 쳐다봤다.

남들과 똑같은 방식으로는 절대 미녀를 손에 넣을 수 없었다.

그렇기에 그는 서문광에게 왔다.

"예에?!"

"네 누나와 내가 맺어지면 너도 좋고 서문세가도 좋지 않겠어? 안 그래?"

"그게, 그러니까……."

서문광은 말끝을 흐렸다.

목적이 무엇인지는 진즉부터 알았지만 이렇게 대놓고 말할 줄은 몰라서였다.

물론 예전에도 이와 비슷한 청탁을 한 적은 있었다.

하지만 이렇게 대놓고 혼인을 운운하지는 않았었다.

"혹시 내가 마음에 안 든다는 건가?"

"으음!"

서문광이 침음을 흘렸다.

더욱 거세지는 압박에 심신이 흔들려서였다.

가뜩이나 심약한 성격의 그였기에 황보태석이 강압적으로 말하자 어쩔 줄을 몰라 했다.

"아니지? 안 그럴 거야. 나 정도면 매형으로서 괜찮지 않나? 말라깽이 녀석들보다는 말이지. 그리고 막말로 오대세가의 소가주들이 네 누이를 정실로 받아 줄 것 같아? 어림도 없지. 하지만 난 다르다. 난 본처로 받아들일 생각이다."

"이 문제는, 제가 결정할 수 있는 게 아닙니다. 누나의 의견은 물론이고 가주님의 생각도 들어 봐야 합니다."

"알지. 내가 그걸 모를까. 근데 도와줄 수는 있잖아. 안 그래? 우리가 한두 번 본 사이도 아니고. 우리만큼 각별한 사이도 없잖아. 안 그래?"

으득!

어느새 의자를 당겨 바로 옆으로 다가온 황보태석이 음흉하게 웃으며 어깨를 잡았다.

그런데 손아귀의 힘이 상당했다.

내공을 싣지는 않았으나 악력만으로도 서문광의 얼굴을 일그러뜨리기에는 충분했다.

"으윽!"

"앞으로 더욱 돈독해질 사이이기도 하고. 예비 처남이라고 부르면 되나?"

"마, 말씀드렸다시피 그건 제가 어떻게 할 수 없는……."

"거참, 말이 안 통하네. 어떻게든 네가 해 보라고 내가 좋게 좋게 말하는 거 아냐. 어?!"

말귀를 못 알아듣는 서문광의 모습에 황보태석의 얼굴이 사납게 변했다.

금방이라도 찢어 죽일 것처럼 무서운 표정을 짓고서 서문광을 노려봤던 것이다.

은은한 살기까지 서려 있는 눈빛에 서문광의 몸이 부르르 떨렸다.

"흡!"

"아, 미안미안. 내가 성격이 좀 급해서. 예비 처남도 알고 있잖아? 내 성격 원래 이런 거. 그러니까 지금처럼 좋게 말해 줄 때 좀 들어 처먹어 줬으면 좋겠는데 말이지."

"저, 저는……."

"예비 처남이 해 줄 건 아주 쉬워. 정말 쉬운 일이야. 오늘 저녁에 누나와 자리만 만들어 주면 돼. 어때? 쉽지? 물론 서문세가가 배정받은 숙소가 아니라 다른 곳에서 말이야. 예비 처남이 그렇게만 해 주면 나머지는 일사천리야. 그러니 나는 예비 처남이 꼭 도와주었으면 해. 확실하게 말이지. 흐호호!"

서문광의 몸이 딱딱하게 굳어졌다.

웃고 있었으나 그에게는 짐승이 으르렁거리는 것처럼 들렸다.

게다가 좋게 말해서 자리지 이건 누나를 황보태석에게 갖다 바치는 일이나 마찬가지였다.

그렇기에 서문광은 두려움이 가득한 표정으로 고개를 저었다.

"죄송합니다. 그건 제가 어떻게 할 수 있는 선을 넘은 것……."

"뭐라고!"

타앙!

원했던 대답이 나오지 않자 황보태석이 거칠게 원탁을 손바닥으로 내려쳤다.

두꺼운 손답게 울리는 소리도 상당히 컸다.

주위의 시선을 모조리 끌어모을 정도로 말이다.

하지만 황보태석이 사나운 기세를 흘리며 서문광을 압박하고 있음에도 대부분의 시선들은 제자리로 돌아갔다.

"저, 저는 할 수 없습니다."

"왜 못 해? 그 쉬운 걸?"

"차라리 누나에게 황보 공자가 직접……."

"그게 가능했으면 내가 답답하게 네놈이랑 이러고 있겠

어? 어? 좋게 좋게 말하니까 현실 파악이 덜 된 거 같은데, 내가 다시 파악하게 해 줄까? 응? 몸이 기억하도록 말이야."

부르르르!

살벌하기 짝이 없는 황보태석의 협박에 서문광의 몸이 급격하게 떨렸다.

그러나 그 모습에도 나서는 이는 없었다.

이런 적이 한두 번이 아니었을뿐더러 미친개라 불리는 황보태석과 얽히고 싶지 않아서였다.

오대세가보다 끗발이 좀 떨어진다고 하나 황보세가 역시 명문세가였다.

그런 황보세가의 소가주이자 차대 가주로 유력한 게 황보태석이었고.

거기다 성격이 포악했으나 그의 재능은 확실히 뛰어났다.

그렇기에 엮이는 것보다는 다들 무시하는 쪽을 선택했다.

"좋은 말로 할 때 오늘 밤에 누나를 데려오는 게 좋을 거야. 안 그럼 내일이 참 고달파질 테니까. 도망치는 방법도 있긴 하지만, 누나를 혼자 놔두고 가진 않겠지?"

마귀의 속삭임처럼 들려오는 황보태석의 말에 서문광이 두 눈을 질끈 감았다.

오고 싶지 않았던 용봉회에 올 수밖에 없었던 게 바로 누나 때문이었다.

가뜩이나 똥파리들이 많이 꼬이는데 자신마저 없으면 안

되었기에 그로서는 올 수밖에 없었다.

그리고 그 사실을 황보태석은 너무나 잘 알고 있었기에 악랄하게 이용했다.

"애초에 네놈에게는 선택지가 하나밖에 없어. 그러니 지금이라도 나에게 붙어. 그게 예비 처남의 앞날을 위해서도 더 낫지 않겠어? 매일 나와 몸의 대화를 하는 것보다는 말이지."

"으음!"

서문광의 안색이 창백해졌다.

이런 상황을 벗어나고자 죽기 살기로 노력했었다.

그러나 달라지는 건 없었다.

타고난 재능을 따라잡기란 쉽지 않았을뿐더러 가문의 무공도 차이가 있었다.

"흐음. 이거 아무래도 비무를 한번 해야 할 거 같은데. 그새 나에 대해서 잊은 모양이야. 그럼 다시 기억나게 해 줄 수밖에."

으득. 으드득!

황보태석이 보라는 듯이 주먹을 풀었다.

솥뚜껑만 한 주먹이 눈앞을 왔다 갔다 하자 서문광의 동공이 급격하게 흔들렸다.

시작도 하지 않았건만 몸이 반응하는 것이었다.

그러나 도망칠 생각은 없었다.

'차라리 두들겨 맞는 게 나아. 비겁하게 도망치거나 협조하는 것보다는.'

십 년 넘게 이어진 괴롭힘에 왜소한 체격과 달리 서문광의 맷집은 상당한 편이었다.

공격은 몰라도 피하는 데에는 일가견이 있었고.

그리고 서문세가의 소가주인 만큼 황보태석도 선을 넘지는 않았다.

달리 말하면 그 선에 닿기 직전까지 교묘하고 악랄하게 괴롭힌다는 뜻이었지만.

"결심을 한 모양이야. 그럼 그 결심이 헛되지 않게 해 줘야지."

황보태석이 씨익 웃었다.

그런데 그의 미소가 미묘했다.

분노한 기색이 전혀 없었던 것이다.

아니, 오히려 이렇게 나오길 기다렸다는 듯한 반응에 서문광의 눈동자에 의아함이 떠올랐다.

'서문세가 정도면 적당하지. 내 존재감을 알리기에 말이야.'

황보태석은 단순히 서문예지만 노리고서 서문광을 찾아온 게 아니었다.

구룡에게 집중되어 있는 시선을 돌릴 용도까지 감안하고 서문광을 노렸다.

적당한 소란을 일으켜 다른 이들의 시선을 자신에게 집중시킬 생각이었다.

그런데 그때 그의 곁으로 거적때기 같은 옷을 입은 사내 하나가 성큼성큼 다가왔다.

"저쪽 분위기가 심상치 않은데?"

"응? 어디?"

금주 대신 폭식을 선택한 걸 보여 주겠다는 듯이 이춘상은 정말 쉬지 않고 먹었다.

저게 어떻게 다 들어가나 싶을 정도로 어마어마한 식욕을 보여 주었던 것이다.

그러면서도 여자들이 나타났다 싶으면 눈알을 쉴 새 없이 굴렸는데 갑자기 입을 여는 유하성의 말에 이춘상이 고개를 돌렸다.

그리고 원상과 원호의 고개도 돌아갔다.

"저기. 두 남자가 앉아 있는 곳."

"서문세가와 황보세가의 자제들이로군."

양 볼이 빵빵해질 정도로 음식을 욱여넣은 이춘상이 대번에 두 사람을 알아봤다.

마주친 적은 없어도 지나가다 본 적은 있었다.

나름 정도무림에서 알려진 이들이기도 했고.

다만 두 사람의 평가는 극명하게 갈렸다.

"근데 향후 정도무림을 이끌어 갈 동량들이라고 하기에는 하는 짓이 너무 저급한데? 뒷골목 왈패들도 아니고."

"음!"

이춘상이 미간을 좁히며 귀를 기울였다.

공력을 이용해 청각을 극대화한 것이었다.

그러자 둘의 대화가 들리기 시작했다.

"더 웃긴 건 다들 알면서도 지켜보기만 한다는 거지. 누구 하나 나서질 않네. 처음 보는 내가 봐도 괴롭히는 것처럼 보이는데. 황보세가의 위세 때문에 눈치를 보는 건가? 그렇다면 실망인데. 용봉회에 온 이들이 저 정도 수준밖에 안 된다니."

보고도 무시하는 게 이해 안 가는 건 아니었다.

표정만 봐도 유하성은 알 수 있었다.

똥이 무서워서 피하는 게 아니라 더러워서 피한다는 걸.

다만 문제는 잘못된 행동이란 걸 알면서도 그저 지켜보기만 한다는 것이었다.

중원무림의 정의를 수호한다는 정도무림의 후기지수들이 말이다.

그걸 유하성은 정확히 꼬집었다.

스윽.

그 뜻을 모르지 않았기에 상황 파악이 끝난 이춘상이 자리에서 벌떡 일어났다.

늘 웃고 있던 얼굴을 싸늘하게 굳히고서 말이다.

사실 같은 정도무림에 속해 있다고 해도 은원 관계가 아예 없지는 않았다.

영역이 겹쳐서 생기는 문제도 있었고, 선대로부터 이어진 악연도 있었다.

하지만 저렇게 치졸하게 괴롭히지는 않았다.

차라리 정정당당하게 비무로 결판을 내거나 아니면 아예 전쟁을 선포했다.

그렇기에 이춘상은 망설이지 않고 몸을 일으켰다.

"가게?"

"개방의 제자는 불의를 참지 않아."

"그건 알고 있지. 신의라는 두 글자로 이루어진 게 개방이니까."

"너에게 못난 모습을 보여 주고 싶지도 않고."

저벅저벅.

이춘상이 성큼성큼 걸어갔다.

다른 이들은 황보세가라는 배경 때문에 섣불리 나서지 못하지만 그는 달랐다.

황보세가의 위세가 대단하다고 하나 개방도 그에 못지않았다.

"야."

"어?"

"명문세가의 자제라는 새끼가, 쪽팔리지도 않냐? 부모님 보기 안 부끄러워?"

"뭐라고?"

서문광의 어깨에 팔을 두르고서 온갖 험악한 말을 토해 내던 황보태석이 으르렁거렸다.

대뜸 다가와서는 시비를 걸자 어이가 없었던 것이다.

물론 딱 봐도 개방의 제자였지만 모든 개방도가 평등한 건 절대 아니었다.

용봉회에 들어올 정도면 보통 신분은 아니겠지만 그렇다고 그가 밀릴 건 없었다.

"안 쪽팔리냐고. 사내면 사내답게 여자에게 직접 들이대야지 치졸하게 그게 뭐냐? 황보세가의 소가주라는 자식이."

"나에 대해 알면서도 그따위로 지껄이는 건가?"

"왜? 다른 이들처럼 보고도 못 본 척할 줄 알았냐? 근데 나는 거지라 똥이 익숙해. 더러워서 피하진 않는다는 말이지."

"남의 일에 신경 쓰지 말고 그냥 가라. 괜히 개망신당하지 말고."

황보태석이 귀찮다는 듯이 손을 휘저었다.

평소라면 저 말을 듣고 노발대발했겠지만 지금은 서문광

이 더 중요했다.

괜히 개방과 엮어서 좋을 일도 없었고.

다른 무가나 문파는 몰라도 개방과 엮이면 매우 피곤했다.

"개망신은 미친개에게 어울릴 것 같은데."

"좋게 보내 주려 했더니, 선을 넘네?"

황보태석이 두 눈을 부라렸다.

그도 뒤에서 자신을 미친개라고 말하는 걸 모르지 않았다.

지금껏 면전에서 그리 말한 이들을 가만히 놔두지도 않았고.

그렇기에 황보태석은 매서운 살기를 일으키며 이춘상을 노려봤다.

"내가 말이야, 지금 기분이 아주 나빠. 친구한테 좋고, 건설적인 모습을 보여 주려고 했단 말이지. 그것도 이 몸이 친히 길 안내까지 해서 여기까지 데려왔단 말이야. 근데 감히 네깟 놈 따위가 똥을 퍼부어?"

"닥쳐라!"

대놓고 비아냥거리는 이춘상을 향해 황보태석이 버럭 소리를 질렀다.

거지새끼 하나가 신경을 건드리니 순간적으로 뚜껑이 열린 것이었다.

그 외침에 모두의 시선이 이곳으로 집중됐다.

하지만 이미 흥분한 황보태석은 그 시선들을 느끼지 못했다.

"예의도 없고, 생각도 없고, 버릇도 없다니. 가정교육을
제대로 못 받은 모양이야. 아니면 지 성질대로 어른들 말씀
을 개똥으로 처들었거나."

"닥치지 못하겠느냐!"

황보태석이 더 이상은 참을 수 없다는 듯이 일장을 내질렀
다.

솥뚜껑 같은 손을 크게 휘둘렀던 것이다.

부우웅!

두꺼운 팔뚝 때문인지 단순히 휘두르는 것만으로도 묵직
한 파공성이 울려 퍼졌다.

그러나 갑작스러운 황보태석의 공격에도 이춘상은 느릿하
게 고개를 뒤로 젖혔다.

최소한의 움직임으로 황보태석의 손이 그리는 궤적에서
벗어난 것이었다.

"역시 무식한 것들이란. 말이 안 되니 손부터 휘두르지."

"감히!"

황보태석의 두 눈에서 시퍼런 살기가 피어올랐다.

조롱하듯 회피하자 더욱 흥분한 것이었다.

그러나 이춘상도 더는 가만히 있지 않았다.

부우우웅!

묵직한 파공성과 함께 정수리를 노리고서 떨어져 내리는

황보태석의 손을 향해 마주 일권을 내질렀다.

조금의 망설임도 없이 말이다.

터어엉!

육안으로 봐도 거의 두 배 이상 차이 나는 체격과 손 크기였으나 결과는 놀랍게도 이춘상의 승리였다.

묵직한 충돌음과 함께 거구의 황보태석이 뒤로 밀려 났던 것이다.

그 모습에 지켜보던 모든 이들이 놀랐다.

아무리 전력을 다하지 않았다고 하나 황보세가의 후계자인 황보태석이 무명의 개방도에게 되레 튕겨져 나가자 믿기지가 않았던 것이다.

"이놈!"

하지만 가장 크게 놀란 건 황보태석이었다.

전력을 다하지 않았다고 하나 그래도 마음먹고 내지른 일권이었다.

그것도 황보세가가 자랑하는 절기 중 하나인 벽력신권(霹靂神拳)이었기에 황보태석은 입가를 비틀며 재차 정권을 내질렀다.

우르르릉!

묵직한 뇌성과 함께 황색의 기운이 불꽃처럼 넘실거렸다.

황보태석이 정말 제대로 마음먹고 벽력신권을 펼친 것이었다.

그러나 이번에도 황보태석은 뜻을 이루지 못했다.

쩌어어엉!

육중한 체격에서 나오는 힘과 막대한 진기가 합쳐졌음에도 황보태석의 정권은 이춘상을 날려 버리지 못했다.

황보태석의 마음 같아서는 단숨에 곤죽을 내 버리고 싶었으나 결과는 그와 정반대였다.

체격만 보면 상대적으로 왜소해 보이는 이춘상이 뒤로 튕겨져 날아가는 게 맞았으나 놀랍게도 밀린 건 황보태석이었다.

제대로 벽력신권을 펼쳤음에도 오히려 그의 솥뚜껑만 한 주먹이 튕겨졌던 것이다.

스으윽!

그리고 이번에는 이춘상도 가만히 있지 않았다.

받아 주기만 하지는 않겠다는 듯이 주먹끼리의 충돌로 황보태석의 주먹이 허공으로 밀려 솟구치자 순식간에 그의 품속으로 파고들었다.

미끄러지듯이 움직이며 황보태석과 간격을 좁혔던 것이다.

그야말로 물 흐르듯이 이어지는 움직임과 함께 이춘상의 왼손이 쭉 뻗어 올라가 황보태석의 멱살을 잡았다.

퍼퍼퍼퍽!

그 순간 오른손이 불을 뿜었다.

접근과 동시에 오른손을 활짝 펴고서는 그대로 황보태석의 넙데데한 얼굴에 싸대기를 날려 버렸다.

그것도 양쪽을 번갈아 가며 수십 번을 갈기자 황보태석의 얼굴이 순식간에 시뻘겋게 달아올랐다.

"소가주님!"

그 광경에 뒤쪽에 물러나 있던 황보세가의 무인들이 황급히 달려왔다.

이춘상을 공격할 때는 꼼짝도 하지 않던 그들이 황보태석이 맞고 있자 살벌한 기세를 흩뿌리며 우르르 몰려왔다.

하지만 그 모습을 보고도 이춘상은 당황하지 않았다.

오히려 더욱 세게 황보태석의 따귀를 날려 버렸다.

"커헉!"

"당장 멈추지 못하겠느냐!"

피를 토하는 듯한 신음 소리에 무사들의 수장으로 보이는 중년인이 버럭 소리를 질렀다.

그러면서 금방이라도 달려들 것처럼 손을 뻗었으나 그는 이내 팔을 회수할 수밖에 없었다.

내지르는 정권을 향해 이춘상이 황보태석을 들이밀어서였다.

이대로 손을 내지르면 황보태석이 맞을 수밖에 없기에 중년인은 황급히 팔을 회수했다.

"역시 일심동체네. 머리랑 수족이랑 아주 똑 닮았어. 어찌 그리 생각하는 게 똑같을까. 만약 내가 이 새끼한테 맞고 있었으면 나서지 않았겠지?"

"으으으……."

이춘상이 황보태석을 던졌다.

그러나 놓아주었음에도 황보태석은 일어나지 못했다.

정신을 잃지는 않았으나 수없이 이어진 폭력에 다리가 풀린 듯 꿈틀거리기만 했다.

하지만 정신을 잃지는 않았다.

"지금 네가 무슨 짓을 저지른 것인지 아느냐?"

"잘 알지. 황보세가의 소가주를 두들겨 팼지. 정신 나간 것을 말이야."

"개방이 널 지켜 줄 거라고 생각하느냐?"

중년인이 으르렁거리듯이 말했다.

마음 같아서는 당장 머리채를 붙잡아 황보태석이 당한 걸 그대로 되돌려주고 싶었으나 간격이 애매했다.

그가 이춘상에게 다가가는 것보다 이춘상이 황보태석을 덮치는 게 더 빠를 듯했기에 그는 매서운 눈빛으로 살기를 풀풀 뿌려 댔다.

"개방이 왜 날 지켜? 굳이 안 지켜 줘도 되는데. 정파의 탈을 쓴 쓰레기들 따위야 나 혼자서도 충분하다."

"닥쳐라!"

"말 함부로 하지 마라!"

순식간에 쓰레기가 된 황보세가의 무사들이 거칠게 소리질렀다.

그러자 잔잔한 음악이 흐르던 연회장이 일시에 조용해지며 모두의 시선이 이쪽으로 향했다.

특히 서문예지에게 모여 있던 서문세가의 무사들이 당황하며 서문광에게 다가갔다.

자세히는 모르나 이 사달에 서문광이 연루된 것 같아서였다.

"쓰레기가 아니라니. 동생보고 누나를 야밤에 몰래 데리고 나오라고 하던데."

"……!"

생각지도 못한 말에 아직 정신을 유지하고 있던 황보태석은 물론이고 중년인들과 무사 역시 당혹스러운 표정을 지었다.

특히 황보태석의 퉁방울만 한 두 눈이 급격하게 흔들렸다.

설마하니 이춘상이 그와 서문광의 대화를 들었을 줄은 몰라서였다.

"왜? 기막으로 소리를 차단했는데 내가 들어서 놀랐냐? 근데 강기막도 아니고 고작 기막으로 대화가 완벽하게 차단되는 게 더 이상하지 않아? 적어도 강기막은 펼치고서 놀라야지."

"……네놈의 말을 믿는 사람이 있을까?"

황보태석이 빠르게 표정을 가다듬었다.

위기의 순간이 오자 머리가 눈부시게 빠른 속도로 회전한 것이었다.

그리고 이내 최상의 수를 도출해 냈다.

기막을 뚫고 서문광과의 대화를 들었다고 하나 반대로 말하면 그 대화를 들은 건 앞에 있는 녀석뿐이었다.

자신을 제압할 정도로 무공이 뛰어나기는 하나 그의 뒤에는 황보세가가 있었다.

가문의 힘을 이용하면 개방도 하나 입을 다물게 하는 건 어렵지 않았다.

스윽.

황보세가의 무사들도 거기까지 생각이 닿았는지 흉흉한 눈빛으로 슬금슬금 다가왔다.

가문의 명예가 실추되는 것보다는 한 명을 지워 버리는 게 더 편하고 간단했기에 다들 무시무시한 안광을 뿌리며 접근했다.

그런데 그때 상황이 또 한 번 바뀌었다.

일단의 무리가 나타났던 것이다.

"잠시 멈춰 주십시오."

연회장의 경비를 맡은 남궁세가의 무사들이 이춘상과 황보세가 사이에 자리를 잡았다.

갑작스러운 소란을 잠재우기 위해 등장했던 것이다.

"무슨 일입니까?"

남궁세가의 무사답게 범상치 않은 기도를 흘리는 장년인
이 황보세가 측과 이춘상을 번갈아 쳐다봤다.

그러자 중년인이 선수를 치듯 입을 열었다.

"저자가 갑자기 소가주님을 공격했습니다. 얼토당토않은
헛소리를 지껄이면서요."

서문광을 협박했던 게 알려져서 좋을 게 없기에 중년인은
애초부터 이춘상의 말을 헛소리로 몰아갔다.

들은 사람이 이춘상밖에 없기에 황보세가의 소가주임을
밝히며 자연스레 주도권을 가져가려 했던 것이다.

비록 황보세가 현재 오대세가에 속하지는 않으나 과거
에는 한때 오대세가에 속했던 적도 있었다.

강호십대세가를 꼽으면 무조건 들어가기도 했고 말이다.

"음?"

그러나 장년인은 중년인의 말에도 크게 반응을 보이지 않
았다.

혈기 왕성한 후기지수들이 모인 만큼 용봉회는 단 한 번도
조용히 개회되고 마무리된 적이 없었다.

후기지수들의 모임이라고 하나 후기지수들만 있는 것도
아니었고 말이다.

그래서 객관적으로 판단하기 위해 반대쪽의 말도 들어 보
기 위해 고개를 돌렸다가 깜짝 놀랐다.

정말 생각지도 못한 인물이 있어서였다.

이번 용봉회에 참석 안 하는 걸로 알고 있는데 이곳에 있자 장년인은 정말 크게 놀랐다.

"반응을 보아하니 저를 아시는 모양이군요."

"예전에 가주님을 모시고 방주님을 찾아간 적이 있습니다. 그때 옥만개(玉慢丐) 소협도 같이 계셨었지요."

"아아."

이춘상이 고개를 주억거렸다.

그러나 태연한 그와 달리 황보태석과 황보세가의 무사들, 그리고 조용히 상황을 지켜보고 있던 이들은 경악했다.

장년인에게서 흘러나온 옥만개라는 별호는 현 개방의 후개를 뜻하는 별호여서였다.

그렇기에 다들 경악한 표정으로 이춘상을 쳐다봤다.

"허업!"

특히 황보태석의 놀람이 가장 컸다.

그리고 뒤늦게 이춘상의 잘생긴 얼굴이 두 눈 가득 들어왔다.

옥만개라는 세 글자 중 옥(玉)이라는 글자가 바로 잘생김을 뜻하는 단어였다.

더욱이 거지들 사이에서는 압도적인 게 외모인데 그걸 미처 알아보지 못했었다.

"간단하게 설명해 드리겠습니다. 황보세가의 소가주가 서문세가의 소가주를 협박해서 서문 소저를 밤에 따로 데리고 나오게 했습니다. 이게 좋게 말했으면 부탁인데, 제가 듣기로는 강요더군요. 서문 공자가 몇 번이고 거절했으나 황보세가의 소가주는 청탁을 빙자한 협박을 하며 윽박질렀습니다. 교활하게도 기막으로 대화까지 차단하고서 말이죠."

웅성웅성.

차분한 이춘상의 말에 주변이 시끄러워졌다.

적나라한 설명에 다들 혐오 어린 시선을 보냈던 것이다.

그러나 그의 말을 의심하는 이는 아무도 없었다.

다른 이도 아니고 개방의 후개가 하는 말이었기 때문이다.

"으음!"

삽시간에 달라진 분위기에 중년인의 표정이 어두워졌다.

하필이면 상대가 개방의 후개라고 하자 그는 입술을 깨물었다.

아니라고 반박하기에는 사실일뿐더러 그 말을 꺼낸 이가 차대 개방주가 될 후개였다.

진퇴양난도 이런 진퇴양난이 없었기에 중년인은 이 상황을 어떻게 타개해야 할지 감이 잡히지 않았다.

"거기다 가문의 힘을 이용해 나를 압박하기까지 했죠. 만약 제가 후개가 아니었다면 어떻게 되었을 것 같습니까?"

"죄송합니다. 사과드리겠습니다."

날이 바짝 선 이춘상의 목소리에 중년인이 고개를 숙였다.

대뜸 하대부터 하며 막말을 쏟아부었던 그가 태세를 전환한 것이었다.

명분에서 크게 밀렸기에 지금으로서는 당장 이 방법밖에는 생각나지 않았다.

아니, 그보다는 일단 이 자리에서 벗어나야 했다.

"이제 와서?"

이춘상이 기가 차다는 표정을 지었다.

자신들이 유리할 때는 험악한 분위기로 막말을 지껄이더니 불리하다 싶자 고개를 숙였다.

그게 이춘상은 너무나 역겨워 보였다.

애초에 이번 일은 황보태석이 헛된 욕심을 품지 않았으면 벌어지지 않을 일이었다.

또한 그가 나서기 전에 다른 이들이 중재했다면 여기까지 오지 않았을 일이기도 했다.

'그러나 아무도 나서지 않았지.'

황보태석보다 낮은 수준의 후기지수가 기막을 뚫고 둘의 대화를 듣는 건 불가능했다.

하지만 이 자리에는 황보태석보다 뛰어난 후기지수들이 분명 있었다.

꼭 대화를 듣지 않더라도 두 사람의 분위기를 보면 누구나 어떤 상황인지 예상하는 게 가능했고.

그러나 그걸 보고도 누구 하나 나서지 않았다.

'이런 모습을 보여 주고 싶지는 않았는데.'

이춘상이 소태 씹은 표정을 지었다.

그가 유하성과 원상, 원호를 남궁세가에 데려온 건 이런 모습을 보여 주기 위해서가 아니었다.

인연이 닿는다면 후기지수들과 친목을 다지고 서로에게 좋은 자극이 되었으면 싶어서 직접 설득해서 데려온 건데 황보태석이 똥물을 튀기자 이춘상은 기분이 아주 더러웠다.

"쿨럭!"

"소, 소가주님!"

"의원, 의원에게 모시고 가야 한다!"

그때 황보태석이 입에서 피를 토했다.

이춘상의 불꽃같은 싸대기로 퉁퉁 부은 입술에서 느닷없이 피를 토하며 정신을 잃자 중년인이 다급하게 그를 부축했다.

그러고는 의원을 찾으며 연회장을 빠르게 벗어났다.

황보세가의 무사들을 모조리 이끌고서 말이다.

"잔머리 하나는."

"이쯤에서 정리하는 게 낫지 않겠습니까."

"그러죠. 진짜 사과를 받아야 할 사람은 따로 있기도 하고."

마치 서로 짠 듯한 움직임이었으나 이춘상은 추격하지 않았다.

쥐도 궁지에 몰리면 고양이를 무는 것처럼 약간의 여지는 두어야 했다.

꼭 힘 말고도 할 수 있는 방법은 많았고.

거기다 남궁세가의 입장도 신경 써 줘야 했다.

"도, 도와주셔서 감사합니다."

"흐음. 서문 공자도 참 힘들게 사시는구려."

"예?"

장내가 어느 정도 정리된 듯하자 서문광이 우물쭈물하며 이춘상에게 다가왔다.

큰 도움을 받은 만큼 감사 인사를 하기 위해서였다.

거기다 모두가 그를 못 본 척할 때 유일하게 그의 마음을 알아봐 주고 손을 내밀었기에 서문광은 눈가를 글썽거리며 다가왔다.

그런데 이어지는 그의 말에 서문광은 울컥했다.

"서문 공자도 알 거라고 생각하오."

"크흑."

짧은 한마디였으나 서문광의 마음을 울리기에는 충분했다.

서문세가의 소가주이지만 그는 인정받지 못하는 소가주였다.

괜히 누나에게 호위대가 다 가 있는 게 아니었다.

물론 황보태석 같은 이들이 있기에 서문예지를 호위하는

건 당연했으나 적어도 한 명 정도는 그를 주시하고 있어야
했다.

"남의 가문에 이래라저래라할 자격은 없으나, 결국 무림
은 혼자 살아가는 곳이외다. 마지막에 남는 건, 끝까지 믿을
수 있는 건 자기 자신밖에 없소이다."

"……명심하겠습니다."

도움을 주었으나 그렇다고 이춘상은 좋은 말만 하지 않았
다.

그리고 서문광 역시 그의 말을 알아들었다.

성격은 심약하나 머리는 영민한 그였다.

그렇기에 서문광은 이를 악물었다.

"소란은 얼추 정리가 된 것 같습니다."

"저희가 먼저 나섰어야 했는데, 죄송합니다."

"아닙니다. 누가 먼저냐보다는 해결된 게 중요하죠. 그
럼."

장년인에게 고개를 꾸벅 숙인 이춘상이 몸을 돌렸다.

장내가 정리되자 자리로 돌아가려는 것이었다.

서문광이 더 하고 싶은 말이 있는 듯해 보였으나 이춘상이
휘적휘적 걸어가자 그와 서문예지를 번갈아 쳐다봤다.

따라가고 싶었으나 누나를 홀로 남겨 둘 수 없기에 이러지
도, 저러지도 못하는 것이었다.

"찝찝하게 정리됐네?"

"그러게. 이왕 난동을 부린 거 제대로 뒤집어엎으려고 했는데."

자리로 돌아온 이춘상이 입맛을 다셨다.

똥을 싸고 엉덩이를 닦지 않은 느낌이 들어서였다.

그러나 달리 말하면 황보태석이 정말 기지를 잘 발휘했다는 뜻이기도 했다.

정말 생각지도 못한 방법으로 연회장에서 빠져나가는 모습에 나름 산전수전 다 겪은 이춘상도 당황할 수밖에 없었다.

"적당하기는 하지. 개방이 황보세가와 싸울 수도 없고."

"죽일 수는 없지. 그러나 평생 괴롭힐 수는 있지. 때론 육체적인 것보다 정신적인 흉터가 더 오래 남기도 하고. 그리고 남을 괴롭혔으면 자신도 괴롭힘을 당할 수도 있다는 걸 알아야지. 이번 기회에 정신 차려서 사람이 될 수도 있고."

"쉽진 않을걸."

"맞아. 사람은 쉽게 변하지 않으니까. 오죽했으면 사람은 고쳐 쓰는 게 아니라는 말까지 있겠어."

유하성이 고개를 끄덕였다.

아직 다양한 사람을 만나 보지는 못했지만 삼십 년 동안 살아오면서 사람이 쉽게 변하는 걸 보지는 못했다.

아까 본 황보태석이 쉽게 바뀔 것 같지도 않았고.

"근데 나 서운하다? 어떻게 셋 중에 움직이는 사람이 하나 없어?"

이춘상이 섭섭하다는 투로 말했다.

세 사람을 번갈아 쳐다보면서 말이다.

황보태석이 쓰러지자마자 황보세가의 무사들은 우르르 달려왔는데 자신은 그런 게 없었다.

물론 떼로 우르르 몰려온다고 해서 겁을 먹지는 않았다.

다만 조금 서운했다.

남궁세가까지 함께 온 정이 있는데, 도와줄 법도 한데 그러지 않아서였다.

"혼자서도 잘할 것 같은데 뭘."

"저도 같은 생각입니다."

"만약 도움이 필요했었다면 그때 나서려고 했습니다."

"헐."

대수롭지 않다는 듯이 대답하는 유하성이야 그럴 수 있었다.

자신도 훤히 보이는데 유하성이라고 안 보일까.

혼자서도 충분하다고 생각했으니 나서지 않은 것이었다.

그러나 둘은 아니었다.

"다행히 잘 해결되지 않았습니까? 남궁세가가 가만히 있을 리도 없고."

"무당파의 도움이 필요하다면, 나서겠습니다. 잘못한 건 황보세가이니까요."

황보세가가 정도무림에서 입지가 탄탄하다고 하나 무당파 역시 그에 못지않았다.

아니, 엄밀히 말하면 더 높았다.

그렇기에 원호는 도움이 필요하다면 그간의 정을 생각해서 약간의 조력 정도는 해 줄 의향이 있었다.

"너무하네, 둘 다."

"저희는 용봉회 때문이 아니라 사숙님을 모셔야 하는 신분이라."

"암."

이어지는 원상의 말에 이춘상이 입을 삐죽 내밀었다.

같은 편이 없다는 걸 새삼 느낄 수 있어서였다.

"근데 후개일 줄은 몰랐네."

"내 별호 한 번도 들어본 적 없어? 내 얼굴은 잘 안 알려졌어도 별호는 그래도 꽤 알려져 있는데."

"나 강호초출이야."

"……그걸 그렇게 써먹을 줄은 몰랐는데."

이춘상이 헛웃음을 흘렸다.

보통 강호초출들은 자신이 강호초출이라는 사실을 숨기거나 부끄러워하는데 유하성은 그런 게 전혀 없었다.

오히려 당당했다.

그리고 그 당당함의 저변에 깔려 있는 건 스스로에 대한 믿음일 터였다.

"저도 놀랐습니다."

"저도요."

"너희들의 감정은 나에게 전혀 안 중요해."

다시 한번 놀란 표정을 짓는 원상과 원호를 보며 이춘상이 투덜거렸다.

놀란 건 진짜겠지만 그렇다고 서운한 감정이 사라지는 건 아니었다.

"한편으로는 이해가 되네."

"후개가 되려면 나 정도는 되어야지."

"실례합니다."

어깨를 으쓱거리며 이춘상이 대답할 때 낯선 목소리가 들려왔다.

몇몇 후기지수들이 찾아온 것이었다.

후개라는 이름값 때문인지 아까 전까지만 해도 슬쩍 훑어보기만 했던 이들이 쭈뼛거리며 다가왔다.

이춘상의 신분을 알게 되자 안면이라도 익히기 위해 염치 불고하고 다가온 것이었다.

"아, 예. 무슨 일이신지?"

"늦었지만 인사를 드리고 싶어서요. 저는 하후세가의……."

"처음 뵙겠습니다. 귀주 곽가장의 곽일섭이라고 합니다."

한 명이 물꼬를 트자 모여든 이들이 빠르게 자신의 이름을 밝혔다.

개방의 후개와 좋은 인연을 맺고자 했던 것이다.

애초에 용봉회의 목적이 이것이기도 했고 말이다.

그중에 호기롭게 이춘상에게 비무를 제안한 이들도 있지만 단번에 까였다.

"죄송합니다. 아까 전의 일도 있고 해서 비무는 좀 그렇습니다. 일행도 있고요."

"아, 그렇습니까."

물론 거절했다고 해서 전부 다 포기하지는 않았다.

자신은 다를 거라 생각하며 패기 있게 비무 얘기를 꺼내는 이들이 있었으나 이춘상은 가차 없이 거절했다.

구룡도 성에 안 차는 판에 그보다 한참 못한 이들과 어울리는 건 시간 낭비라고 생각했다.

용봉회인 만큼 어울려 줄 수도 있겠지만 지금은 그럴 기분이 아니었다.

제14장 투자의 기본은 안목

'서문광 때는 눈치만 보던 것들이.'

평소였다면 이렇게 매몰차게 거절하지 않았을 터였다.

하지만 서문광과 황보태석의 일이 있은 후였기에 이춘상은 후기지수들이 썩 좋게 보이지 않았다.

그런 이춘상의 기분을 느낀 것이었을까.

찾아온 이들은 원상과 원호하고도 인사를 나누었다.

그러다가 무당파의 일대제자인 걸 알고는 몇몇 이들이 비무를 신청했다.

이번만큼은 원호도 거절하지 않았다.

후르릅.

다만 유하성은 특유의 분위기 때문인지 다가오는 이들이

없었다.

대부분의 관심이 이춘상에게 향하기도 했고, 평범한 무복을 입었으나 송문고검 때문에 사문이 드러난 원상과 원호와 달리 유하성은 신분을 알 수 있는 게 아무것도 없었기에 딱히 관심을 보이지 않았다.

유하성 역시 딱히 교분을 나누고자 하지 않았고.

"이런 자리가 어색하시죠?"

"아무래도 그렇지. 혼자가 익숙하다고나 할까."

찾아오는 이들을 원호에게 모조리 밀어 버린 원상이 유하성에게 다가왔다.

무당파의 제자로서 대외적으로 좋은 인상을 주는 것도 중요하지만 그에게 있어 가장 중요한 일은 유하성을 보필하는 것이었다.

사문에서 원하는 게 그것이기도 했고.

그렇기에 원상은 후기지수들을 상대하는 것보다는 유하성의 말상대가 되어 주는 게 더 중요하다고 생각했다.

'더불어 사숙님의 신분도 알리고 말이지.'

떠벌리지는 않더라도 자신의 자세와 말투를 본다면 다들 어느 정도 눈치를 챌 것이었다.

유하성의 신분이 범상치 않다는 사실을 말이다.

그걸 증명하듯 그와 유하성을 힐끔거리는 시선들이 점차 늘어나고 있었다.

궁금하기는 하나 차마 먼저 묻지는 못하는 모양새였다.

'거기다 일행의 중심은 사숙님이시니까.'

후개인 이춘상도 일행의 중심은 아니었다.

이춘상은 개인적인 호기심 때문에 합류했을 뿐 일정에 대해 결정권을 가지고 있는 이는 유하성이었다.

남궁세가도 이춘상이 추천하기는 했으나 결정한 건 유하성이었고.

더불어 원상은 유하성의 이름이 무림에 널리 알려졌으면 했다.

'사숙님은 무당의 자랑이니까.'

사문에 고수가 많아서 나쁠 건 없었다.

오히려 명성을 생각하면 더없이 좋은 일이었다.

더욱이 유하성은 소실되었던 무당의 면장을 복원한 무인이었기에 원상은 더더욱 자부심을 느꼈다.

스윽.

원상이 자연스럽게 유하성의 신분을 알리면서 동시에 뭇 후기지수들의 관심을 적당히 차단하고 있을 때 하나의 시선이 이쪽으로 향했다.

아주 유심히 유하성을 살펴봤던 것이다.

그러나 워낙에 쏠리는 시선들이 많아 유하성도 그걸 느끼지 못했다.

어느 순간부터 새벽 수련에 원상과 원호가 합류했다.

늘 하던 대로 하는 수련에 두 사람이 은근슬쩍 함께하더니 언젠가부터 아예 같이하게 되었다.

그리고 거기에 이춘상도 합류했다.

새벽 수련에는 무공 초식을 연마하지 않는다는 걸 알고는 시간에 맞춰 나왔던 것이다.

"으그그그!"

물론 보름 가까이 되었음에도 여전히 수련을 마치면 죽으려고 했다.

유하성의 입장에서야 매일 하던 체력 단련이었지만 이춘상은 아니었기 때문이다.

원상과 원호도 복건성에서부터 함께했기에 어느 정도 적응이 된 것이지 완전히 익숙해지진 않았다.

"대체 언제쯤이면 적응이 되는 거야?"

"보름은 더 하셔야 할걸요?"

"헐. 보름씩이나?"

운기조식을 마치고 일어나며 이춘상이 허리를 두드렸다.

시간이 제법 지났음에도 여전히 몸 곳곳에서 신음을 터트리고 있어서였다.

처음 했을 때처럼 알이 배진 않았으나 고통스러운 건 여전했다.

"한 달 정도 되니까 좀 낫더라고요."

"허어."

원호의 대답에 이춘상이 장탄식을 흘렸다.

이제 겨우 반 정도 왔다는 말에 순간적으로 앞이 캄캄했다.

그러나 포기할 수는 없었다.

유하성이 하고 있고, 원상과 원호도 해낸 걸 그라고 해내지 못할 리 없었다.

'지금이라도 따라잡으려면 기를 쓰고 해야 해.'

자만에 취해 허송세월을 보낸 걸 생각하면 더더욱 열심히 해야 했다.

괜히 그의 별호에 게으를 만(慢) 자가 들어 있는 게 아니었다.

이미 벌어진 격차를 생각하면 유하성보다 배는 더 노력해야 하지만 아직은 그럴 자신이 없었다.

그리고 적응기라는 말도 있듯이 우선은 유하성의 훈련량을 따라가는 게 먼저였다.

'의욕이 있는 건 좋지만 몸이 망가지면 치료하는 데 시간이 더 걸리고, 그렇게 되면 격차는 더 벌어진다.'

열심히 하는 것도 중요하지만 그 못지않게 중요한 게 다치지 않는 것이었다.

부상을 입는 순간 모든 노력은 물거품이 되기에 이춘상은 부상만은 반드시 피하고 싶었다.

지금 가장 신경 쓰는 부분이 바로 그 부분이기도 했고.

"힘들면 포기해도 돼."

"무슨 소리. 내가 한때 개방의 미친개라 불렸던 시절이 있었어. 아, 황보태석하고는 다르게. 그놈은 그냥 미친개고 난 훈련에 미친 개. 분야가 조금 달라. 어쨌든 한번 물면 절대 놓지 않는다는 말씀."

"말은 참 잘해."

"거지들이 기본적으로 가지고 있는 능력이지. 입심과 철면피가 개방도의 가장 큰 무기야."

유하성의 말에도 이춘상은 능글맞게 웃었다.

좋은 의미가 아니라는 걸 알지만 그걸 좋게 받아들이는 것 또한 능력이었다.

그리고 이춘상은 자신의 가장 큰 장점 중 하나가 바로 이런 성격이라고 생각했다.

"개방도를 오래 만나지는 못했지만 그런 것 같기는 해."

"곧 옥만개가 아니라 옥천개로 별호가 바뀔 거다. 얼굴뿐만 아니라 무공 역시 하늘에 닿을 정도가 될 테니까."

"꿈은 크게 갖는 게 좋지."

유하성은 적당히 맞장구를 쳐 주었다.

목표는 높게 잡을수록 좋기도 하고.

물론 그렇다고 해서 모두가 다 원하는 바를 이루는 건 아니지만 중요한 건 목표나 꿈이 있으면 노력하게 된다는 점이었다.

적어도 후회 없이 노력을 하면 미련이 남지는 않았다.

"넌 아닌 것처럼 말한다?"

"나도 있어. 그러니까 매일 열심히 하는 거지."

"오늘 떠나지는 않을 거지?"

이춘상이 조심스럽게 물었다.

어제의 일 때문에 혹시나 실망해서 떠나진 않을까 싶어서였다.

사실 용봉회에서 놀기에는 유하성의 격이 어울리지 않았다.

당장 그만 하더라도 애송이로 보이는데 유하성은 오죽할까.

"일단 오늘은 아냐. 여기까지 왔는데 두 사람도 얻어 가는 게 있어야지. 네 말마따나 용봉회가 흔하게 열리는 모임도 아닌데."

"감사합니다."

"역시 사숙님!"

이춘상의 말에 은근히 긴장했던 원상과 원호가 안도의 한숨을 내쉬었다.

아무래도 어제는 서문광의 일이 있어 산만한 분위기가 없지 않아 있었다.

일단 이춘상의 심기가 가장 불편하기도 했고.

또한 후기지수들이 못난 꼴을 보였기에 이래저래 편안한 분위기는 아니었었다.

"너는?"

"나야 뭐 구경해도 되고, 여기서 수련해도 되고."

"……안 질리냐?"

"질릴 게 어디 있어. 늘 하던 게 수련인데. 오히려 재미있는데. 심심하지도 않고."

"어후."

이춘상이 질린 표정을 지었다.

저 정도면 독기나 끈기가 아니라 그냥 수련에 미친 놈이었다.

즐기는 자가 제일 무섭다더니 유하성이 딱 그 꼴이었다.

"그러니까 둘 다 편하게 해. 내 눈치 보지 말고. 내가 애도 아닌데 왜 내 눈치를 봐?"

"저희에게 있어 가장 중요한 일은 사숙님을 보필하는 것이니까요."

첫 만남 때 실수한 원호가 황급히 대답했다.

후기지수들과 친분을 다지는 것도 좋지만 그보다 더 중요한 건 유하성을 부족함 없이 보필하는 것이었다.

그렇기에 원호는 일말의 망설임도 없이 대답했다.

"내가 허락할 테니까 즐겨. 이참에 경험도 쌓고. 명령을 해야 듣나?"

"아닙니다. 그리하겠습니다."

"혼자 계실 생각이십니까?"

유하성의 추종자처럼 원호가 곧바로 대답했다.

그러나 원상은 다른 걸 물었다.

어쩨 말하는 투가 오늘은 연회장에 가지 않을 것 같아서였다.

"글쎄. 아직 결정은 안 했어."

"오늘까지는 가 보는 게 어때? 오늘은 남궁가주님도 오실 거야. 시간은 정확히 모르겠지만. 일성이선삼제사존(一聖二仙三帝四尊) 중 검제(劍帝)를 볼 수 있을지도 모르는데 가는 게 낫지 않겠어?"

"흐음."

유하성이 살짝 혹하는 표정을 지었다.

후기지수들이야 누가 오건, 연회장에 있건 관심이 안 갔지만 검제는 달랐다.

천하십대고수의 일인이 바로 검제였기에 유하성은 내심 고민이 되었다.

대화는 나누지 못하더라도 보는 것만으로도 느끼는 게 있을 터였다.

"저기······."

그런데 그때 네 사람에게로 하인이 조심스레 다가왔다.

평소에는 방해하지 않기 위해 멀찍이 떨어져 있거나 혹은 호출을 해야 오는데 오늘은 먼저 와서 입을 열었다.

"무슨 일이야?"

"손님이 찾아오셨습니다. 금와장에서 오신 분들입니다."

누가 봐도 할 말이 있어 온 것이었기에 원상이 물었다.

그런데 이어진 하인의 대답에 유하성을 제외한 모두가 놀랐다.

손님이 왔다는 것도 놀라웠지만 그 손님이 금와장에서 왔다고 하자 셋 다 서로를 쳐다봤다.

"금와장?"

"예. 정확하게는 공자님을 찾아오셨습니다."

"나?"

"예."

"정확히 콕 짚어서?"

"그렇습니다."

하인이 차분한 목소리로 대답했다.

유하성과 원상, 원호와의 관계에 대해서 자세히는 몰랐으나 하인도 눈치는 있었다.

그렇기에 유하성의 신분이 범상치 않다는 걸 알아서 행동거지를 조심했다.

"뭐야? 너 금와장과 연이 있었어?"

"아니."

"어? 없다고? 근데 왜 널 찾아온 거야?"

"나도 모르지."

이춘상이 고개를 갸웃거렸다.

아는 이가 없는데 유하성을 콕 짚어 찾아왔다고 하자 의문이 들었던 것이다.

그래서 그는 뒤이어 원상과 원호를 쳐다봤다.

하지만 둘 다 고개를 저었다.

"뭐지? 왜 널 찾아온 거야?"

"기다리고 있나?"

"예. 오실 때까지 조용히 기다리겠다고 하셨습니다."

이춘상과 같은 심정이었으나 유하성은 이내 마음을 가라앉혔다.

당혹스럽기는 하나 그렇다고 안절부절못할 정도는 아니었다.

이유가 있어서 찾아왔을 테니 만나서 물어보면 될 일이었다.

"누구인지 아나?"

"제가 알기로는 금와장주님과 따님으로 알고 있습니다."

"흐음?"

이춘상이 두 눈을 게슴츠레하게 떴다.

금와장의 인물이 직접 찾아왔다는 사실도 놀라운데 금와장주라고 하자 더욱 의문이 들었다.

상계의 거물인 금와장주는 만나고 싶다고 해서 쉽게 만날 수 있는 인물이 아니었다.

　무림으로 치자면 소림사 방장이나 무당파의 장문인급이라 할 수 있는 이가 바로 금와장주였다.

　"그런데도 기다리겠다고?"

　"예. 예고도 없이 찾아온 것이니만큼 수련이 끝날 때까지 기다리겠다고 하셨습니다."

　"점점 더 말이 안 되는데. 시간이 금인 사람이 금와장주인데."

　이춘상이 더더욱 알 수 없다는 표정을 지었다.

　어째 들으면 들을수록 가관이어서였다.

　그리고 그건 원상과 원호도 마찬가지였다.

　오직 유하성만이 무덤덤한 표정이었다.

　"가자고. 어차피 수련은 다 끝난 상태니까. 씻고 밥 먹으려고 했으니 같이 먹으면 되겠네."

　"더 기다리게 하겠다고?"

　"그럼 이 상태로 손님을 맞이해?"

　이춘상을 향해 유하성이 두 팔을 활짝 벌렸다.

　그러자 땀으로 흥건한 무복이 펼쳐졌다.

　게다가 땀에 흠뻑 젖은 건 유하성만이 아니었다.

　세 사람 다 똑같았다.

　"그건 그런데……."

　"기다리겠다고 하니 씻는 것 정도는 기다려 주겠지. 수련을 끝낸 상태가 어떤지도 알겠고."

"은근히 배짱이 두둑하단 말이야. 천하의 금와장주더러 기다리라고 하다니."

"최소한의 예의를 지킨다고 생각해 줬으면 좋겠는데."

"일단 가자고."

이춘상이 몸을 돌렸다.

일단은 씻어야 한다는 것에 그 역시 동의했다.

찝찝한 상태에서 손님을 맞이하는 건 그도 싫고 손님도 싫을 터였다.

그리고 씻는 동안 자연스레 생각을 정리할 시간도 벌 수 있었기에 이춘상은 곧장 욕탕으로 향했다.

배정받은 거처에 비하면 조촐하기 짝이 없는 아담한 처소였으나 황만덕은 조금도 불편해하지 않았다.

어느 정도 예상했기도 했을뿐더러 연락도 없이 대뜸 찾아온 쪽은 자신이었다.

그렇기에 그는 차분하게 차를 들이켰다.

"아무것도 묻지 않는구나."

"장주님께서 이른 아침부터 움직이셨다면, 그만한 이유가 있다고 생각합니다. 그리고 늘 그렇듯이 때가 되면 말씀해 주실 거라고 생각했습니다."

"그럼 물으마. 왜 내가 이곳에 온 것 같으냐? 네 생각을 듣고 싶구나."

"아침 일찍부터 만나고 싶으실 정도의 인물이 이곳에 머물고 있지 않을까 생각합니다. 시간을 누구보다 효율적으로 사용하시는 장주님께서 이렇게 기다리실 정도로요."

"허허허."

황만덕이 인자하게 웃었다.

딸 중에 나이는 가장 어리지만 그럼에도 가장 현명한 게 바로 황주연이었다.

아들로 태어났다면 조금의 고민도 없이 후계자로 정했을 텐데 아쉽게도 황주연은 딸로 태어났다.

그렇기에 황만덕은 흡족하면서도 아쉬웠다.

금와장의 역사상 여자로 태어나 장주가 된 적은 없었기에 황주연이 가문의 주인이 될 가능성은 희박했다.

"그래서 궁금하기도 합니다. 대체 어떤 점을 보고 이런 결정을 내리셨는지 말이에요."

"누구일 것 같으냐?"

"세 분 중에 한 분일 것 같습니다. 그중에 이 소협은 아닌 것 같고요."

"어째서지?"

"개방의 후개라는 신분이 대단한 건 사실이지만 장주님께서 마음만 먹으면 따로 만나는 게 불가능하지는 않으니까요. 굳이 이렇게 찾아오실 필요도 없고요. 그러니 세 분 중 한 사람일 것 같습니다."

황주연은 차분하게 자신이 생각한 바를 말했다.

말은 하지 않았지만 혼자서 고민을 많이 한 듯싶었다.

다짜고짜 데리고 나왔으니 생각할 수 있는 시간도 얼마 되지 않았을 텐데 말이다.

"정확해. 거기까지 생각했으면 짐작 가는 사람이 있을 터인데."

"가장 알려지지 않은 이를 찾아오신 게 아닐까 생각합니다."

"이유는?"

"황보세가와 이 소협의 충돌로 인해 저도 유심히 쳐다봤는데 그 공자님의 위치가 상당히 특별해 보였습니다. 일행의 핵심이라고 할까요. 이 소협도 알게 모르게 눈치를 보는 것 같았습니다. 무당파의 일대제자 두 분도 그 공자님을 대할 때는 공손한 태도를 보였고요."

"제대로 봤구나. 그 짧은 사이에."

황만덕이 감탄한 표정을 지었다.

거리가 제법 되었음에도 상당히 자세하게 본 것 같아서였다.

물론 그 시작이 자신의 관심이었겠지만 그래도 놀라운 건 마찬가지였다.

네 사람의 미묘한 관계를 알아볼 정도로 유심히 쳐다봤다는 사실이니까.

"네 막냇동생이 너의 이런 면을 닮으면 좋겠는데."

"저보다 더 영특할 겁니다."

"글쎄다. 아직은 모르는 일이라. 이제 일곱 살이기도 하고."

황만덕이 입맛을 다셨다.

스승으로 모셔 온 이들이 하나같이 입에 침이 마르도록 칭찬을 하고 있지만 그 말을 그는 곧이곧대로 믿지 않았다.

그들로서는 좋은 말을 할 수밖에 없는 입장이어서였다.

반면에 황주연은 스스로 모든 걸 깨친 아이였다.

"좋은 스승님들께서 계시니 기대해 보셔도 될 것 같습니다."

"나이를 먹으면 망나니가 되어서 그렇지."

상계의 거물답게 황만덕은 부인이 많았다.

스스로 원해서 한 혼인도 있지만 어쩔 수 없이 해야 했던 결혼도 있었다.

그렇기에 자식이 상당히 많았는데 그중에 제대로 된 아이는 드물었다.

대부분이 돈을 벌기보다는 쓰는 걸 더 잘했던 것이다.

"저도 잘 돌볼게요."

"네 친동생이니 기대가 안 되는 건 아니다만, 그래도 걱정이 되는구나. 후우!"

이루는 것도 중요하지만 지키는 것 또한 그 못지않게 중요했다.

아니, 어떻게 보면 지키는 게 더 중요했다.

그렇기에 황만덕은 걱정이 되었다.

믿음직한 후계가 없기에 금와장의 미래가 걱정될 수밖에 없었다.

그렇다고 후계를 정해 놓지 않는다면 능력 없이 욕심만 많은 것들이 금와장을 갈가리 찢어 먹을 게 분명했다.

그것만은 막아야 했기에 황만덕은 걱정이 많았다.

"공자님께서 오셨습니다."

황만덕이 연거푸 한숨을 내쉴 때 밖에서 하인의 목소리가 들려왔다.

그리고 몇 개의 인기척이 느껴졌다.

달칵.

잠시 후 문이 열리며 말끔하게 목욕을 한 네 사람이 모습을 드러냈다.

특히 이춘상의 모습이 놀라웠다.

거지는 기본적으로 씻지를 않았다.

자유로운 영혼이기도 했지만 남에게 빌어먹기 위해서는 최대한 불쌍해 보여야만 하는데 지금 이춘상의 모습은 거지

와는 거리가 멀었다.

"아, 처음 뵙겠습니다. 금와장의 황만덕이라고 합니다. 갑자기 찾아와 많이 놀라셨지요?"

그러나 놀람은 잠시였다.

애초의 목적이 유하성이었기에 황만덕은 이내 자리에서 일어나 정중하게 먼저 인사했다.

상계의 거물인 그가 먼저 고개를 숙였던 것이다.

뒤이어 황주연 역시 단아한 자세로 유하성에게 허리를 꾸벅 숙였다.

"안녕하세요. 황주연이라고 해요."

"유하성입니다."

정중하고 공손한 두 부녀의 인사를 받아 주며 유하성이 자리에 앉았다.

그러자 이춘상과 원상, 원호도 두 사람과 인사를 주고받았다.

물론 표정은 세 사람 다 유하성과 똑같았다.

어쩐 일로 여기까지 찾아왔냐는 넷의 표정에 황만덕이 부드럽게 웃었다.

"네 분 다 저의 방문에 놀라신 거 같습니다."

"그럴 수밖에요. 원래부터 아는 사이도 아니고, 초면이니까요."

이춘상은 입이 근질거렸으나 가까스로 참았다.

찾아온 이가 유하성이었기에 일단은 기다리는 게 예의라고 생각해서였다.

그러면서 슬쩍 황만덕의 옆에 앉아 있는 황주연을 살폈다.

금와장주인 황만덕은 자식이 많기로 유명했고, 딸만 열 명이 넘었다.

하지만 그중에서 가장 많이 거론되는 건 눈앞에 앉아 있는 황주연이었다.

아직 시집을 안 가기도 했지만 미모 때문이었다.

'화려하지는 않지만 묘하게 시선을 끄는 매력이 있다고 했지. 내미지상(內美之象)이라고도 하더니 틀린 말은 아니군.'

황주연은 눈에 확 띄는 미인은 결코 아니었다.

이목구비 또한 미녀와는 거리가 조금 있었다.

그러나 특유의 분위기와 눈빛, 그리고 목소리가 묘하게 시선을 끌었다.

거기다 성격도 좋아 늘 으르렁거리는 형제자매들도 황주연과는 좋은 사이를 유지한다고 들었다.

"당연히 그러실 거라고 생각합니다. 제가 공자님의 입장이었어도 당혹스러웠을 것입니다. 그래서 우선 사과부터 드리겠습니다. 먼저 연락을 드리고 왔어야 했는데, 아침 일찍 떠날 수도 있다고 생각하니 몸이 먼저 움직였습니다. 하하하."

황만덕이 넉살 좋게 웃었다.

어색한 분위기가 실내를 가득 채우고 있었으나 그는 개의 치 않았다.

이런 분위기는 그에게 오히려 익숙했다.

더욱이 상대방의 반응을 보기도 쉬웠고 말이다.

"저를 찾아오셨다고 들었습니다."

그러나 유하성도 만만치 않았다.

놀란 건 사실이지만 딱 거기까지였다.

애초에 먼저 찾아왔다는 건 그만한 이유가 있다는 뜻이었고, 죄를 지은 것도 아닌데 그가 저자세로 나갈 이유는 없었다.

그 때문에 유하성은 간을 보지 않고 곧바로 본론으로 들어갔다.

"맞습니다. 저는 유 공자님을 찾아왔습니다."

사람 좋은 미소를 지으며 황만덕이 고개를 주억거렸다.

하지만 시선은 시종일관 유하성에게만 향해 있었다.

개방의 후개도 있고 무당파의 일대제자들이 있었음에도 불구하고 말이다.

"이유가 무엇입니까?"

"하하. 특별한 건 아니고, 유 공자님과 진지하게 교분을 나누고 싶어서요. 용봉회의 목적이 바로 그것이지 않습니까."

진심을 내보이되 황만덕은 너무 저자세로 나가지 않았다.

밤새도록 유하성에 대해 알아보았지만 기본적으로 알려진 것이 거의 없었다.

그렇기에 황만덕은 대화를 하는 사이에도 유하성에 대한 정보들을 하나도 빠짐없이 모으고 기억했다.

목적은 분명하나 인성이 되지 않는다면 생각을 바꿀 용의도 충분히 있었다.

'관상으로 보기에는 절대 그런 성격이 아니지만. 그래도 혹시 모르니까.'

관상학에 일가견이 있는 황만덕이지만 그렇다고 관상을 맹신하지는 않았다.

그저 참고만 할 뿐이었다.

그러면서 그는 다시 한번 유하성의 얼굴과 체형, 말투, 표정 등 모든 것들을 샅샅이 살폈다.

특히 얼굴과 눈빛을 말이다.

'비범함이 극에 닿으면 오히려 평범해지는 법이지. 괜히 반박귀진이라는 말이 있는 게 아니니까.'

반박귀진은 무공의 경지 중 하나이지만 꼭 무인들에게만 통용되는 말은 아니었다.

상계에서도 반박귀진과 같은 이들은 많았다.

특히 일가(一家)를 이룬 이들 말이다.

그들은 대부분 더없이 평범해 보이지만 능력은 그렇지 않았다.

‘앞에 앉은 유하성 공자도 마찬가지다.’

어제 갑작스러운 소란에 유하성을 보고 그는 경악을 금치 못했다.

생각지도 못한 인물이 연회장에 있어서였다.

용봉회에 중원에서 이름 난 후기지수들이 전부 모이는 건 유명했다.

실제로 후기지수 중 가장 뛰어난 구룡삼화가 참석하는 자리이기도 했고.

그러나 진짜 용과 봉은 없었다.

적어도 이번 용봉회에 참석한 황만덕이 보기에는 말이다.

그런데 그때 한 마리의 잠룡이 그의 눈에 들어왔다.

‘우연처럼, 운명처럼 말이지.’

장사꾼의 기본은 안목이었다.

이 물건이 팔릴 것인지, 안 팔릴 것인지는 물론이고 고가인지 아닌지를 알아봐야 했다.

겉만 번드르한 가품인지, 아니면 세월이 녹아 있는 진품인지 알아보는 안목은 필수 중의 필수였다.

그런 그의 눈에 유하성은 승천하기 전의 잠룡이었다.

물론 황만덕은 겉만 보고 그걸 판단하지 않았다.

유하성의 개인적인 정보는 물론이고 현재 주변에 있는 인물들도 전부 파악했다.

“교분 말입니까?”

"예. 물론 이상하게 생각하시는 거 압니다. 다짜고짜 찾아와서 친해지고 싶다고 하면, 그것도 주연이 같은 여자가 아닌 다 늙은 제가 그런 말을 하면 이상하다 못해 수상하다는 것을요."

"맞습니다."

유하성은 물론이고 이춘상과 원상, 원호도 고개를 주억거렸다.

물론 상대적으로 그렇다는 말이지 황주연이 혼자 찾아왔어도 이상한 건 마찬가지였다.

일면식도 없는 사람이 대뜸 방문한 것이었으니까.

"저는 장사꾼입니다. 그리고 장사꾼에게 있어 가장 필요한 능력은 안목입니다. 사실 저는 모든 걸 가지고 태어났지만 이 자리에 오르기까지 쉽지만은 않았습니다. 하지만 끝내 저는 이 자리를 차지했고, 이걸 가능하게 만든 능력이 안목이라고 생각합니다. 유 공자님도 아시겠지만 저는 돈이 많습니다. 그렇기에 별의별 사람들을 많이 만나 봤고, 그중에는 사기꾼도 많았습니다."

"여인도 많으셨지요."

이춘상이 슬그머니 대화에 참여했다.

가만히 있으려니 입이 간질거려서였다.

더불어 유하성도 도와줄 겸.

전음으로 해도 되지만 원상과 원호에게도 알려 줘서 나쁠 건 없기에 이춘상은 자연스럽게 대화에 끼어들었다.

"맞습니다. 사주에서 재물이 들어오면 여자도 같이 들어온다는 말이 있잖습니까. 그와 같습니다."

"난 재물이 없는데도 많이 꼬이던데?"

이춘상이 이때라는 듯이 거들먹거렸다.

어깨를 으스대며 유하성을 쳐다봤던 것이다.

그러나 그는 몰랐다.

황주연이 순간적으로 한심한 눈빛으로 그를 쳐다봤다는 사실을 말이다.

"넌 얼굴이 되니까."

"내가 말이야. 괜히 안 씻는 게 아냐. 지금처럼 말끔하게 다니면 여인들이 눈을 떼지 못한다고. 특히 거지들 중에서 나만큼 머리카락이 풍성한 사람이 없어!"

"그건 모르는 거다. 지금은 젊어서 멀쩡해 보이지만 나중에 탈모가 올 수도 있어."

유하성의 말에 원상과 원호가 고개를 크게 끄덕였다.

지금은 풍성하지만 나중에는 몰랐다.

관리를 제대로 안 한다면 언젠가는 반짝이는 머리로 바뀔 수도 있었다.

"그런 무서운 말은 하지 마! 말이 씨가 된다고!"

"풋!"

식겁한 표정으로 이춘상이 버럭 소리를 지르자 황주연이

자기도 모르게 실소를 흘렸다.

순간적으로 민머리가 된 이춘상을 상상한 것이었다.

그런데 그 상상은 그녀만 한 게 아닌 듯 황만덕 역시 두툼한 손으로 입을 가렸다.

"지금부터 신경 쓰면 되지."

"사부님처럼 되면 안 되는데……."

"머리가 중요하긴 하지."

유하성이 유심히 이춘상의 머리카락을 쳐다봤다.

두 부녀와 마찬가지로 그 역시 머리카락이 사라진 이춘상을 상상하는 것이었다.

"상상하지 마. 그런 일은 절대 없으니까."

"인생에 절대라는 건 없어. 늘 예외와 변수가 있는 법이지. 그래서 삶이 재미있는 것이기도 하고."

"너 지금 나 시샘하는 거냐?"

"시샘이라니. 난 내 얼굴에 만족하는데. 잘생겼으면 좋겠지만, 바꿀 수 없으니 체념하고 살아야지."

"맞습니다."

황만덕이 은근슬쩍 맞장구를 쳤다.

그 역시 젊은 시절에는 잘생긴 친구들을 부러워했으나 지금은 아니었다.

외모는 바꾸고 싶다고 해서 바꿀 수 있는 게 아니었기에 애먼 데 신경 쓰기보다는 지금 할 일에 집중하는 게 장기적으로는 훨씬 나았다.

"단 하나도 안 져요."

"왜 굳이 이기려고 해?"

"하나라도 이겨야지!"

유하성이 이해할 수 없다는 표정을 지었다.

그러나 이춘상은 진지했다.

무공에서 못 이기는 것만큼 그는 유하성이 자신의 외모를 부러워했으면 싶었다.

하지만 안타깝게도 유하성은 딱히 부러워하지 않았다.

"사이가 좋으시네요."

"이 친구가 넉살이 좋아서요."

"대화가 갑자기 샛길로 빠졌는데, 제가 드리고 싶은 말씀은 유 공자님과 친분을 맺고 싶다는 것입니다. 이 말에 유 공자님이 부담을 느끼실 수도 있겠지만, 저는 진심입니다."

"제가 그만한 가치가 있다고 생각하시는 겁니까?"

"예."

공손하되 굽실거리지는 않는 표정으로 황만덕이 대답했다.

일말의 망설임도 없이 나오는 대답에 유하성은 재미있다는 표정을 지었다.

중원 상계를 주름잡는 거물이라더니 역시 보통 인물이 아니었다.

특히나 그가 자신하는 안목이 정말 뛰어났다.

"혹시 틀리신 적은 없습니까?"

"저라고 늘 맞겠습니까. 당연히 틀린 적도, 잘못된 판단을 내린 적도 있습니다. 그러나 나이를 어느 정도 먹고 나서는 그 비율이 확연하게 줄었습니다."

"그러시군요."

"혹시나 해서 말씀드리는 건데 저는 따로 유 공자님께 바라는 게 없습니다. 오늘은 그저 인사를 드리고 안면을 트기 위해 온 것입니다. 부탁할 것도, 청탁할 것도 없습니다."

황만덕이 양손을 들어 올려 보였다.

혹시라도 유하성이 오해했을까 싶어서였다.

그런데 그때 이춘상이 날카로운 눈빛으로 잠자코 앉아 있는 황주연을 쳐다봤다.

"하면 황 소저는요?"

"이 아이는 제 딸이기도 하지만 수행원이기도 합니다. 자랑은 아니지만 제 자식들 중에 가장 명석한 아이라 데리고 다니면서 이런저런 일들을 가르치고 있습니다. 안목이라는 게 어느 순간에 생기기보다는 많은 이들을 만나 보고, 겪어 보면서 쌓이는 것이라 제가 가급적이면 데리고 다니는 편입니다."

"흐음."

당혹스러운 기색 없이 담담히 황만덕이 대답했으나 이춘

상은 미심쩍은 눈빛을 거두지 않았다.

말은 납득이 되었으나 그렇다고 순수하게 그 의도만 있다고 생각되지는 않아서였다.

게다가 금와장의 정보력은 비록 상계에 집중되어 있다고 하나 하오문에 견줄 정도였다.

그 때문에 이춘상은 황만덕의 말을 곧이곧대로 믿을 수 없었다.

"허허. 다만 약간의 바람이 있다면 제 딸과도 좋은 인연을 맺었으면 합니다. 우선은 안면을 익히는 게 먼저겠지만요."

이런 자리가 낯선 유하성과 세 사람과 달리 황만덕은 자연스럽게 대화를 주도했다.

괜히 많은 사람을 만난 게 아니라는 듯이 능숙하게 네 사람을 존중하면서 대화를 이어 갔던 것이다.

그리고 황주연은 간간이 맞장구를 치면서 조용히 대화를 경청했다.

주로 유하성을 유심히 바라보면서 말이다.

아침 식사를 느긋하게 마치고서 서문광은 누나와 함께 처소를 나섰다.

어제 큰 도움을 받았음에도 워낙에 정신이 없어 감사 인사를 제대로 하지 못했었다.

그래서 서문광은 따로 찾아가 정식으로 마음을 전할 생각이었다.

겸사겸사 개방의 후개인 이춘상과 교분도 맺고 말이다.

"네가 먼저 가자고 할 줄은 몰랐는데."

"인사는 제대로 해야 하니까."

"좋은 변화야."

"……나도 앞으로는 조금씩 바뀔 거야. 한 번에 크게 바뀌긴 힘들겠지만."

"마음가짐이 중요하지."

서문예지가 부드럽게 웃었다.

피부도 하얗고 차가운 인상에 말수도 별로 없어 얼음 공주라는 별명을 가지고 있지만 가족에게는 달랐다.

특히 동생 사랑이 극진했기에 서문예지는 평소와 달리 미소를 지으며 서문광의 엉덩이를 두드렸다.

"아, 엉덩이는 두드리지 마! 나도 다 컸어! 장가도 갈 수 있는 나이라고!"

"우쭈쭈. 그래? 근데 왜 나한테는 남자다운 면모가 하나도 안 보이지?"

너무나 자연스럽게 엉덩이를 토닥이는 누나의 손길에 서문광이 거칠게 소리쳤다.

그리고 그 모습을 뒤따르던 호위무사들은 못 본 척했다.

이미 수도 없이 본 광경이었기에 알아서 고개를 돌렸던 것이다.

"나도 열여덟이거든?"

"열여덟이라고 해서 다 똑같지는 않지."

"끄응!"

중의적인 의미가 담긴 서문예지의 말에 서문광이 앓는 소리를 냈다.

여기서 반박하면 다른 말이 나올 게 뻔하기에 참는 것이었다.

그러나 서문예지는 남동생의 머리 위에 있었다.

"아직은 갈 길이 한참 머니까 그냥 순응하렴."

"싫거든."

"그럼 무공 수련을 열심히 하든가. 내 손길을 피하면 되잖아?"

"곧 그런 날이 올 거야."

"기대할게."

서문광이 입을 삐죽 내밀었다.

어째 자신이 진 것 같은 기분이 들어서였다.

하지만 지금 중요한 건 입씨름이 아니었다.

"생각했던 것보다 너무 외진 곳에 있는데?"

"그러게. 후개란 걸 몰랐나?"

"알리지 않으셔서 그런가?"

명문세가들은 보통 거처를 따로 배정받았다.

서문세가 역시 명문세가라 불리기에 부족함이 없기에 아

담한 별채를 배정받아 머물렀다.

그런데 이춘상이 머무는 장소는 따로 빼놓은 곳이라고 해도 너무 외졌다.

게다가 내원도 아니었다.

"다 왔습니다. 여기입니다."

"고생했어."

"그럼 안에 알리겠습니다."

묵묵히 안내하던 하인이 작은 건물 안으로 들어갔다.

네 사람이 머물기에 딱 적당할 정도로 작은 단층 전각에 서문광은 물론이고 서문예지도 고개를 갸웃거렸다.

"안으로 들어가시면 됩니다."

"그래."

잠시 후 방문객이 찾아왔음을 알리기 위해 들어갔던 하인이 다시 나왔다.

그러자 서문광이 심호흡을 하고는 첫발을 들였다.

다행히 문전박대는 면했다는 생각에 안도하며 서문광은 하인이 열어 놓은 문 안으로 들어갔다.

"아침부터 웬일이야?"

"아, 안녕하세요."

접객실에 들어가자마자 인사는커녕 대뜸 용건부터 꺼내는 이춘상의 말에 서문광이 눈에 띄게 당황했다.

이렇게 다짜고짜 용무부터 물어볼 줄은 몰라서였다.

그런데 다행히 이춘상은 혼자가 아니었다.

"인사도 없이 그렇게 말하니까 서문 공자가 놀라지 않습니까."

"아, 그런가? 오늘따라 손님이 연달아 찾아와서 정신이 없네."

"그것보다는 머리카락 때문에 그런 거 아닙니까?"

"아니거든!"

이춘상이 얼굴을 붉히며 원상에게 버럭 소리를 질렀다.

누가 봐도 정곡을 찔린 듯한 표정으로 말이다.

그러나 서문광과 서문예지에게는 의아할 뿐이었다.

"일단 앉으시죠. 여기까지 찾아오셨는데. 근데 드릴 게 간단한 차밖에 없습니다. 보시다시피 저희가 도인 둘에 거지 한 명, 그리고 반도사라고 할 수 있는 분만 계셔서요."

"아, 네. 괜찮습니다. 저와 누나는 뭐든 다 잘 마십니다."

"말은 가려 해."

오해의 여지가 있는 발언에 서문예지가 곱게 눈을 흘겼다.

아까 전의 장난기는 어디 갔는지 표정에서 냉기가 풀풀 흘렀다.

하지만 이런 변화는 서문광에게 일상이나 마찬가지였다.

그런 남매의 모습에 원상이 옅게 웃으며 차를 따라 주었다.

"저는 차를 말한 겁니다. 하하."

"술 마시는 게 뭐 대수라고. 나도 한창때는 엄청나게 마셨지. 매일 술독에 절어 살았던 적도 있으니까. 지금 생각해 보면 참 후회가 돼. 저 녀석을 일찍 만났어야 했는데. 그래야 허송세월을 안 보냈을 텐데."

이춘상이 뜬금없이 하소연을 하기 시작했다.

아무도 관심 없는 자신의 과거를 꺼냈던 것이다.

그 모습에 유하성은 고개를 절레절레 저었다.

반면에 서문예지는 홀로 뜨끔했다.

"흘러간 시간은 되돌아오지 않지."

"맞아. 그래서 이렇게 눈물을 흘리고 있잖아. 사내대장부는 함부로 울면 안 되니까 속으로."

"거지는 사내대장부라고 하기에는 좀 그렇지 않나?"

"뭐래? 거지도 남자다! 순정도 있어!"

"그런가."

발끈하는 이춘상과 달리 유하성은 어깨를 으쓱했다.

마치 있으면 말고 하는 행동에 이춘상이 몸을 부르르 떨었다.

그리고 그 모습을 서문광, 서문예지 남매가 흥미롭게 쳐다봤다.

어제 일만 봐도 상당히 거침없는 성격으로 보였는데 이상하게도 유하성에게는 별다른 힘을 못 쓰는 모습이었다.

후르릅.

무당파의 일대제자라는 두 사람도 딱히 신경 쓰는 기색이 아니었고.

그게 두 남매는 신기했다.

"손님이 오셨는데 그래도 인사는 받아 주셔야 하지 않겠습니까."

"아아. 맞아. 서문 공자야 어제 봤지만 서문 소저는 아니니까."

"처음 뵙겠습니다. 서문세가의 서문예지라고 합니다."

다행히 정리된 분위기에 서문예지가 자리에서 일어나 정중히 포권했다.

명문세가의 여식답게 품위 넘치는 인사에 유하성을 비롯한 세 명도 마주 인사했다.

"얘기는 많이 들었습니다. 개방의 이춘상입니다."

"반갑습니다. 무당의 원상이라고 합니다."

"무당의 원호입니다."

"유하성입니다."

어째 점점 짧아지는 듯한 인사에 서문예지가 눈을 껌뻑였다.

그런데 서문광도 같은 생각인지 그녀와 같은 표정이었다.

"넌 왜 무당의 제자라고 말 안 해? 설마 사문과 사이가 안 좋은 거야?"

"속가제자라고까지 말해야 하는데 그럼 귀찮아지잖아. 그리고 사이가 안 좋으면 이 아이들이 나랑 같이 있겠어?"

"그래도 예의를 갖춰서 인사해야지."

"내가 안 갖췄나?"

"어."

손님을 앞에 두고 티격태격하는 이춘상과 유하성의 모습에 원상이 어색하게 웃었다.

그러나 원호는 아무렇지도 않다는 표정으로 차를 홀짝였다.

늘 그렇듯이 시작은 이춘상이었으나 결과는 유하성의 승리일 게 분명해서였다.

대신 원호는 내심 신기하다는 눈으로 서문예지를 쳐다봤다.

무림삼화에 대한 이야기와 소문은 많이 들었지만 이렇게 직접 대면하게 될 줄은 몰랐다.

그것도 백화가 직접 찾아올 줄은 몰랐기에 원호는 새삼 이춘상의 신분에 대해 생각하게 되었다.

"어차피 널 찾아온 손님들이잖아. 이 정도면 충분하지. 아니면 자리에서 일어나고."

"이건 진짜 궁금해서 묻는 건데, 언젠가 한 번은 져 줄 거지?"

"뭘 져 줘. 언제 싸웠다고."

"하아."

역시나 원호의 예상대로 승리는 유하성의 몫이었다.

애초에 갑과 을의 관계가 정해져 있었기에 승패 역시 마찬 가지였다.

이게 뒤집히지 않는 한 이춘상이 이길 가능성은 요원했다.

"한숨은 그만 쉬고 손님맞이나 제대로 해. 너 찾아왔다잖 아."

"안 그래도 그러려고 했어. 어제 일 때문에 온 거지?"

"네. 도와주셨는데 경황이 없어 감사 인사를 제대로 드리 지 못한 것 같아서요. 아침 일찍 찾아뵙는 건 또 예의가 아닌 것 같아서 좀 한가한 시간에 찾아왔습니다."

서문광이 정중한 어조로 말했다.

진심을 가득 담아서 말이다.

만약 어제 이춘상이 나서 주지 않았다면 그는 물론이고 서 문예지에게도 좋지 않은 일이 벌어졌을 것이었다.

그걸 생각하면 서문광은 지금도 끔찍했다.

제15장 검룡劍龍 말고 검제劍帝

"이미 어제 충분히 받았는데 뭘. 대단한 일을 한 것도 아니고, 당연히 해야 할 일을 한 것뿐인데."

"그런데 아무도 나서지 않았으니까요. 모두 알면서도 황보세가가 두려워, 혹은 엮이기 싫어 보고도 못 본 척했죠."

"그래서 저도 함께 왔어요. 저 역시 도움을 받은 건 마찬가지니까요. 정말 감사해요, 이 대협."

"흠흠! 아닙니다. 개방의 제자로서 당연히 해야 할 일을 했을 뿐입니다. 개방의 제자는 불의를 참지 않으니까요."

진심을 담아 고개까지 꾸벅 숙이는 서문예지의 모습에 이춘상이 겸양을 떨듯 말했다.

그러나 입꼬리는 귀에 닿을 정도로 찢어져 있었다.

제 딴에는 나름 표정 관리를 한다고 생각하겠지만 다른 사람들이 보기에는 전혀 아니었다.

　"만약 이 대협께서 나서 주시지 않으셨다면, 생각하기도 싫은 일이 벌어졌을 거예요."

　"내 나이에 대협은 무슨. 내가 아직 대협이라 불릴 정도의 나이는 아니지. 앞자리가 바뀌긴 했어도 대협이라 불리기에는 일러. 딱히 한 일도 없고."

　"어, 그럼 이 소협이라 불러도 될까요?"

　"그래. 그 정도면 적당해. 황보세가는 어때?"

　서문광에게는 하대하고 서문예지에게는 존칭을 하는 게 이상했지만 누구 하나 그 점을 짚지 않았다.

　아니면 알면서도 모르는 척할 수도 있었다.

　당사자들도 별말 없었고.

　"어제저녁에 돌아갔습니다."

　"그래?"

　서문광의 말에 이춘상이 재미있다는 표정을 지었다.

　생긴 건 곰같이 생긴 주제에 하는 짓은 여우처럼 하고 있어서였다.

　그러나 이 정도는 그 역시 예상했던 바였다.

　"아무래도 이 소협과 마주치길 꺼리는 것 같아요."

　"그럴 테지. 나를 만나면 꾀병이라는 게 탄로 날 테니까. 아니, 정확하게는 어제의 상황을 어떻게든 수습해야 되는 상황이지. 그런데 이곳에 있으면 그게 쉽지 않지. 그러니 가장 좋은 방법은 사라지는 거지. 언젠가는 잊힐 테니까. 과거의 망신으로."

서문광은 물론이고 서문예지의 얼굴이 굳어졌다.

의외로 사람들은 잘 잊었다.

당사자들이야 잊을 수가 없지만 다른 이들은 달랐다.

자신과 연관된 일이 아니기에 점차 잊어 갈 것이었다.

"아마도 더 큰 사건이 일어나길 기다리겠죠. 다행히 용봉회는 어제 시작하기도 했고."

"정확해."

"조금만 생각해 보면 누구나 알 수 있는 일이니까요."

칭찬에 익숙하지 않은 서문광이 머쓱한 표정을 지었다.

하지만 입가는 씰룩이고 있었다.

"그런데 난 그렇게 놔두지 않을 생각이야."

"예?"

"죽일 수 없다면, 똥물에 담그기라도 해야 하지 않겠어? 망신으로 끝내고 싶다면, 개망신을 당하게 만들어 줘야지. ㅎㅎㅎ!"

이춘상이 음흉한 웃음을 흘렸다.

누가 봐도 불길해 보이는 미소를 말이다.

한데 그게 서문예지는 싫지 않았다.

다른 이도 아니고 남동생을 위한 일이었기 때문이다.

"생각이 있으신가요?"

"물론이죠. 제가 이래 봬도 구파일방의 일방, 개방의 후개 아니겠습니까. 그리고 개방의 가장 큰 힘은 바로 정보력이죠. 잠깐 알아본 바에 의하면 망나니도 그런 망나니가 없더군요. 황보세가의 위세로 많은 것들을 묻었지만 이 세상에 완벽한 비밀이란 없는 법이죠."

"그 말씀은."

서문예지가 눈을 반짝였다.

개망신이라는 단어와 정보력이라는 단어가 합쳐지자 머릿속에서 하나의 그림이 그려졌다.

"예. 지금까지 저질렀던 악행들을 모조리 까발릴 생각입니다."

"황보세가 측에서 가만히 있지 않을 텐데요."

기대하는 서문예지와 달리 서문광이 걱정 가득한 어조로 물었다.

절대 황보세가가 가만히 있을 리가 없어서였다.

그러나 그 말에도 이춘상은 웃었다.

"당연히 노발대발하겠지. 근데 뭐? 내가 잘못을 저지른 것도 아니고 그냥 알고 있는 사실을 말하는 건데 어떡할 거야? 방주님께 지랄하긴 하겠지만 나야 알겠다고 하고, '실수'라고 하면 돼. 나도 모르게 '말실수'를 한 거라고. 사람이 살면서 실수할 수도 있잖아? 황보태석처럼."

武當霸王
무당
패왕

"아!"

서문광이 탄성을 터트렸다.

악랄할 정도로 얄미운 방법에 감탄한 것이었다.

어떻게 보면 폭로라고 할 수도 있겠으나 문제는 이 정도로 개방과 황보세가가 전쟁할 정도의 사안은 절대 아니라는 점이었다.

이춘상은 이걸 교묘하게 노린 것이었고.

"어때? 이 정도면 제법 괜찮은 복수가 되지 않겠어? 그렇다고 황보태석이 나와 사생결단을 내려고 할까? 지가 상대가 안 되는 걸 알 텐데. 물론 자기 대신 다른 이를 내세우는 방법도 있지만 그렇게 하면 나도 똑같이 다른 사람을 내세우면 되니까."

"외통수네요."

"맞아. 더더욱 숨을 수밖에 없지. 오대세가라면 모를까, 고작해야 황보세가쯤이야."

이춘상이 어깨를 으쓱거렸다.

오대세가라면 개방도 좀 힘들겠지만 황보세가 정도라면 충분히 감당할 수 있었다.

게다가 불의를 못 참는 건 개방주도 마찬가지였다.

일련의 사건들을 보면 대충 받아 주는 척만 하고 따로 그에게 지시를 안 할 게 분명했다.

"그런데 너무 폐를 끼치는 것 같아요."

"폐는 무슨. 이게 옳은 일이니까 하는 거야. 본보기가 있어야 또 이런 일이 안 벌어지지. 한번 눈감아 주면 그게 두 번이 되고, 세 번이 되는 거야."

"가, 감사합니다."

"울지는 말고. 사내대장부는 우는 거 아냐."

"넵!"

눈물을 글썽거리던 서문광이 소매로 눈가를 비볐다.

가족이 아닌 다른 이에게 이런 도움을 받은 적이 없기에 서문광은 더더욱 감동이었다.

동시에 아직 세상이 따뜻하다고 느꼈다.

"그리고 나만 널 도와준 건 아냐. 사실 나보다는 저 녀석이 먼저 알아차렸어."

"네?"

"솔직히 말하면 난 먹기 바빴거든. 술을 끊은 금단증상으로 폭식을 하느라고 주변을 못 살피고 있었어. 근데 하성이가 황보태석의 기막을 뚫고 너와의 대화를 엿들었어. 그걸 나에게 말해 줬고."

"아."

서문광은 물론이고 서문예지도 의외라는 듯이 유하성을 쳐다봤다.

그런 둘의 시선에 유하성이 마뜩잖은 표정을 지었다.

"굳이 그걸 왜 말해?"

"사실이니까?"

"말하지 않아도 될 것을."

"진실은 말해 줘야지. 너무 나한테만 고마워하는 것 같기도 하고."

"시작도, 마무리도 네가 다 했잖아? 그러니 너한테 고마워하는 게 맞지."

갑자기 자신에게로 화살을 돌리는 이춘상의 말에 유하성이 눈살을 찌푸렸다.

굳이 하지 않아도 될 말을 꺼내서였다.

그런데 그 말에 서문광, 서문예지 남매가 두 눈을 동그랗게 떴다.

"두 사람도 알고는 있어야지."

"괜히 있었네."

"어어?"

유하성이 자리에서 일어났다.

그러자 원상과 원호도 기다렸다는 듯이 몸을 일으켰다.

"마저 대화 나누시길."

당황하는 이춘상을 남겨 두고 유하성은 정중하게 두 남매에게 인사하고는 방을 나갔다.

말릴 틈도 없이 나가 버린 유하성의 모습에 이춘상은 얼빠진 표정이었다.

그러나 서문예지는 묘한 눈빛으로 유하성이 사라진 자리

를 지그시 쳐다봤다.

이틀째라서 그런지 연회장에는 어제보다 사람이 많았다.

처음 보는 얼굴들도 많았고 말이다.

하지만 황보태석과 어울리던 이들은 하나같이 코빼기도 보이지 않았다.

"찔리는 게 많아서 도망친 거 같은데."

"황보세가가 떠났다는 말은 들었습니다."

"역시 소식이 빠르시네요."

그리고 어제와 달리 네 사람의 원탁에는 새로운 얼굴들이 있었다.

아침 일찍부터 찾아왔던 황만덕과 황주연이 연회장에 들어서기 무섭게 네 명이 앉아 있는 원탁으로 왔던 것이다.

그러나 주로 대화를 하는 건 이춘상과 황만덕이었다.

유하성은 어제와 마찬가지로 주로 구경하기만 했다.

"잘 부탁드립니다."

"저야말로."

반면에 원호는 상당히 바빴다.

물 만난 물고기처럼 다양한 후기지수들과 비무를 하고 논검을 했다.

그런데 원상은 이상할 정도로 자리를 뜨지 않았다.

"너도 좀 어울려."

"저는 괜찮습니다. 둘 중 한 명은 사숙님을 시중들어야 하고요."

"뭔 시중이야. 여기 도와주는 사람들도 많은데."

유하성이 눈짓으로 쉬지 않고 움직이는 하인, 하녀 들을 가리켰다.

인원이 더 늘어난 만큼 일하는 이들 역시 더욱 바삐 움직였다.

근데 문제는 앞으로 인원이 더욱 늘어날 거라는 점이었다.

"그래도 한 명은 있어야지요. 저는 머리를 쓰는 게 전문이기도 하고요. 그리고 비무는 원호가 잘 배워 올 겁니다."

"참나."

유하성이 실소를 흘렸다.

이렇게 생각할 줄은 몰라서였다.

그런데 웃긴 건 틀린 말이 아니라는 점이었다.

자신은 둘과 비무를 자주 해 주지 않지만 원상과 원호는 거의 매일 대련했다.

"좀 즐겨. 나도 있는데 뭔 걱정이야?"

"정말 괜찮습니다."

"어후. 도사들이란."

이춘상도 혀를 찼다.

누가 도사 아니랄까 봐 정말 꽉 막힌 성격이었다.

심지어 유하성이 허락까지 했는데 말이다.

그리고 세 사람의 대화를 황만덕이 조용히 듣고 있었다.

'사숙이라. 그럼 현 장문인, 장로들과 같은 배분이라는 것인데.'

황만덕은 궁금한 게 많았지만 묻지 않았다.

이제 겨우 두 번 만난 사이인데 꼬치꼬치 캐묻는 건 예의가 아니라고 생각해서였다.

대신 그는 조용히 둘의 대화를 전부 다 머릿속에 담았다.

"여기 계셨군요! 어? 근데 다른 분들이…….”

반갑게 인사하며 다가오던 서문광이 순간 멈칫거렸다.

당연히 유하성과 이춘상 일행만 있을 거라고 생각했는데 다른 일행이 함께 있어서였다.

그런데 그 인물이 생각도 하지 못한 거물이었다.

"오랜만이오. 서문 공자, 서문 소저.”

"안녕하세요, 금와장주님. 오랜만이에요, 황 소저.”

"오랜만에 뵙습니다.”

놀란 서문광을 대신해 서문예지가 정중히 인사했다.

그러나 그녀도 놀란 건 마찬가지였다.

정말 생각지도 못한 조합이어서였다.

중원 상계에서 알아주는 거부와 거지왕의 후개가 함께 있는 광경에 서문예지는 인사하면서도 속으로 놀랐다.

"여전히 아름다우시구려.”

"감사합니다. 황 소저도 더 아름다워지셨는걸요.”

"허허허."

"감사합니다."

황만덕의 칭찬에 서문예지는 겸손하게 대답했다.

자연스럽게 황주연의 미모도 칭찬하면서 말이다.

그래서인지 분위기는 나쁘지 않았다.

"아, 안녕하세요. 서문세가의 서문광입니다."

"반가워요."

뒤늦게 서문광이 정신을 차리고 인사하며 이춘상을 쳐다
봤다.

자신이 여기 앉아도 되나 싶어서였다.

"괜찮지?"

"그걸 왜 나한테 물어봐?"

"결정권을 가지고 있는 건 너잖아?"

"서문 공자는 널 찾아왔잖아?"

"난 괜찮아."

이춘상이 고개를 주억거렸다.

심약하긴 해도 서문광은 착한 성격이었다.

적어도 삐뚤어지지는 않았기에 같이 앉아도 나쁠 건 없었
다.

거기다 무림삼화 중 한 명인 백화도 같이 왔기에 그로서는
마다할 이유가 없었다.

"나 역시."

"그럼 실례하겠습니다."

편한 마음으로 연회장에 들어온 서문광이 조심스럽게 빈 자리에 앉았다.

그러자 서문예지 역시 조용히 그 옆에 앉았다.

그러고는 이채 어린 눈빛으로 유하성과 이춘상을 힐끔거렸다.

금와장주가 이 자리에 와 있는 게 두 사람 때문이라고 생각해서였다.

'아니. 정확하게는 유 공자님이신가?'

자리에 앉은 지 얼마 안 가 서문예지는 알 수 있었다.

황덕만이 누구 때문에 이 자리에 앉아 있는지 말이다.

그렇기에 한 가지 의문이 들었다.

대체 무엇 때문에 유하성에게 관심을 가지는지 궁금했던 것이다.

스윽.

그리고 그런 그녀를 유심히 쳐다보는 시선 하나가 있었다.

황만덕과 마찬가지로 조용히 대화를 경청하고 있던 황주연이 유하성을 살펴보는 서문예지를 주시했다.

'다 파악한 거 같은데.'

서문광, 서문예지 남매가 찾아온 걸 황주연은 이상하게 생각하지 않았다.

어제 있었던 일을 생각하면 이상할 게 전혀 없었다.

은원 관계는 무림과 절대 뗄 수 없기도 했고.

다만 알려진 것보다 눈치가 빠른 듯했다.

'아니. 모르는 게 이상한 것이려나.'

황주연이 속으로 쓴웃음을 지었다.

사실 두 사람이 이 자리에 있는 것만으로도 많은 이들의 시선을 받았다.

어제보다 더 말이다.

그런데도 어제와 달리 섣불리 다가오지 못하는 건 개방의 후개인 이춘상 때문이었다.

미친개라 불리는 황보태석을 거침없이 때려잡았기에 누구도 선뜻 다가오지 못했다.

별호는 알려졌어도 그 외에 알려진 건 별로 없었기에 다들 살펴보는 중이었다.

'대체 아버지께서는 무엇을 보신 걸까.'

황주연은 슬쩍 고개를 돌렸다.

그러자 시끄러운 주변과 달리 고고하게 차를 음미하는 유하성의 모습이 보였다.

외모도 평범하고 근골도 유별나 보이지 않았다.

그렇다고 고수다운 존재감을 뽐내는 것도 아니었다.

한데 부친인 황만덕은 유하성을 특별하게 생각했다.

물론 황만덕이 사람을 신기할 정도로 잘 본다는 건 알았지만 적어도 그녀의 눈에 유하성은 지극히 평범해 보였다.

'물론 보통 인물이었으면 개방의 후개가 함께 다닐 리는 없겠지만.'

황주연은 궁금했다.

부친과 이춘상이 본 걸 자신만 보지 못하는 것 같아서였다.

게다가 보통은 황만덕이 저렇게 관심을 보이면 좋아하거나 으스대거나, 혹은 겸양을 떨기 마련인데 유하성은 그런 게 전혀 없었다.

처음 만났을 때나 지금이나 똑같았다.

'그 말은 스스로의 능력에 자신이 있다는 것이겠지.'

분명히 황만덕이 높게 평가하는 이유가 있을 터였다.

그리고 무당파의 제자라는 걸 감안하면 그 능력은 무력일 가능성이 높았다.

'운이 좋으면 오늘 볼 수도 있을 테고.'

순간적으로 너무 깊게 생각해서일까.

황주연은 하나의 시선이 자신의 얼굴에 꽂히는 걸 느낄 수 있었다.

너무 오랫동안 유하성을 쳐다보자 다른 이가 그걸 알아차리고 그녀를 쳐다본 것이었다.

"넌 친하게 지내는 후기지수들 없어?"

여인들의 시선이 허공에서 교차될 때 이춘상이 입을 열었다.

눈곱만큼도 눈치채지 못하고 만두 하나를 집어 들며 물었던 것이다.

"그게, 딱히 없어요."

"여기까지 왔는데 좀 어울려야지. 저 녀석처럼."

만두를 한 입 크게 베어 물며 이춘상이 원호를 가리켰다.

한창 혈기 왕성할 때라 그런지 벌써 세 번째 비무를 하는 중이었다.

"아직은 자신이 없어서요. 마음의 준비도 덜 됐고요. 이 소협은 안 하세요? 원하는 분들이 많아 보이는데."

"에이. 어린애들 노는데 어른이 끼어들면 쓰나. 기운을 북돋아 줘도 모자란데 판을 깨면 안 되지. 안 그래?"

"그걸 왜 나한테 물어?"

"너도 그래서 얌전히 있는 거 아냐?"

이춘상의 말에 서문광이 두 눈을 동그랗게 떴다.

지금의 발언은 한마디로 격이 맞지 않는다고 말하는 것이어서였다.

그리고 실제로 어제 이춘상은 구룡의 바로 아래라 할 수 있는 황보태석을 어린아이 다루듯 제압하기도 했고.

다만 놀라운 건 이춘상이 유하성의 실력이 그와 비슷하다고 말한다는 점이었다.

"난 그냥 구경하는 건데."

"구경은 무슨. 얼굴에 지루함이 가득한데. 아, 내가 설명을 안 해 줘서 그런가?"

"설명은 충분해."

"하긴. 구룡도 눈에 안 들어오는 판에."

"하하. 그렇습니까?"

저벅저벅.

낯선 목소리와 함께 발자국 소리가 들려왔다.

그와 동시에 마치 바다가 갈라지듯 후기지수들이 양옆으로 물러났다.

이곳의 소주인이 등장하자 알아서 길을 열어 준 것이었다.

잠시 후 절로 호감이 갈 정도로 잘생긴 사내와 호리호리하지만 눈빛이 유난히 맑고 반짝이는 청년이 다가왔다.

"남궁 공자."

"처음 뵙겠습니다. 남궁준이라고 합니다. 어제의 일은 정말 감사했습니다. 저희가 나섰어야 했는데."

헌칠한 키의 미남인 남궁준이 정중히 인사했다.

놀랍게도 구룡 중 일인이자 검룡이라 불리는 남궁준이 이곳을 찾아온 것이었다.

그런데 찾아온 이는 검룡만이 아니었다.

"만나서 반갑습니다, 이 소협. 제갈가의 제갈성입니다."

"검룡과 현룡이라. 이거 영광이군요. 두 분께서 찾아오실 줄이야."

이춘상이 살짝 놀란 표정을 지었다.

남궁준이야 남궁세가의 소가주이니 이럴 수 있다고 하지만 제갈성까지 찾아올 줄은 몰라서였다.

게다가 두 사람만 온 게 아니었다.

둘의 뒤에는 여동생들도 함께 있었다.

"당연히 찾아뵈어야 하지 않겠습니까. 어제의 일도 있고, 개인적으로 꼭 한번 만나 뵙고 싶었습니다. 소문은 무성한데 정작 본 사람이 없어서요."

"저도 같은 생각입니다. 한번 꼭 만나 뵙고 싶었거든요."

같이 온 건 아니지만 비슷한 때에 도착한 제갈성이 눈을 반짝였다.

남궁준의 말마따나 오래전부터 개방의 후개에 대한 소문은 참 많았다.

잘생기긴 했으나 개방의 역대 후개 중 가장 게으르다는 평가가 늘 뒤를 따랐다.

하지만 그 전에 퍼진 게 천재 중의 천재라는 소문이었다.

'너무 천재기에 오히려 게을러졌다는 소문이 있었지.'

제갈성이 눈을 빛내며 이춘상을 살폈다.

그러나 부담스럽게 훑어보지는 않았다.

꼭 그렇게 쳐다볼 필요도 없었고.

"그런데 이런 말을 들을 줄이야."

"농담입니다, 농담. 친구랑 대화하던 중에 나온 말입니다."

"그런가요?"

남궁준이 의미심장하게 웃었다.

농담이라고 둘러댔으나 그가 듣기로는 장난기가 전혀 없어서였다.

게다가 그런 말을 한 이가 개방의 후개였다.

당연히 그로서는 농담처럼 들리지 않았다.

'게다가 금와장주가 이 자리에 있다라.'

남궁준의 시선이 빠르게 움직였다.

상계의 거물답게 황만덕은 남궁세가에서도 예의 주시하는 인물이었다.

사실 이번 용봉회에 참석하리라고 크게 기대하지도 않았고.

중원 상계를 주물럭거리는 거물이기에 용봉회는 금와장주에게 있어 사소한 모임이었다.

그런데 참석을 했고, 후개와 같은 자리에 있자 남궁준의 머리가 빠르게 회전했다.

하지만 이춘상 말고 다른 이들은 눈에 들어오지 않았다.

"장난은 누구나 칠 수 있으니까요."

"그렇긴 하죠."

생각을 정리하며 남궁준은 맞장구를 쳐 주었다.

황제도 보이지 않는 곳에서는 욕을 하는데 구룡 정도는 아무것도 아니었다.

그리고 지금껏 살아오면서 온갖 시샘과 질투를 다 받아 보았기에 오히려 이런 말이 신선하기도 했다.

"저는 다르게 생각합니다. 이 소협은 충분히 그렇게 말씀하실 자격이 있으시죠."

"에이. 농담이라니까요."

남궁준이 이춘상과 대화하는 사이 다른 이들과 눈인사를 마친 제갈성이 입을 열었다.

다른 사람이 저런 말을 했다면 그냥 실소를 흘리고 말았을 텐데 상대가 이춘상이었다.

과거에 엄청난 천재라 불렸던.

너무 뛰어나기에 게을러졌다고 하나 그렇다고 수련을 등한시하지는 않았을 터였다.

'어제의 일만 봐도.'

제갈성의 두 눈이 일순 날카롭게 빛났다.

짧은 경합이었으나 그 역시 이춘상과 황보태석의 대결을 봤다.

그렇기에 그는 확신할 수 있었다.

이춘상이 수련을 절대 놓지 않았다고 말이다.

"그런 의미에서 흥을 한번 돋워 보는 건 어떻습니까?"

"흐음. 비무를 하자는 겁니까?"

"예. 사실 많은 이들이 이 소협을 궁금해하기도 하고요. 여기 이 친구도 그렇기에 이리 서둘러 오지 않았습니까."

"인정."

동갑이라 그런지 남궁준과 제갈성은 서로를 편하게 대했다.

따로 언질 없이 이 자리에 왔음에도 크게 놀라지 않았고 말이다.

"친목을 다지는 것도 좋지만 역시 무인은 무(武)로 대화를 나누어야 하지 않겠습니까."

남궁준이 자신만만하게 웃었다.

처음에도 느꼈었지만 그에게는 은은한 특권 의식 같은 게 있었다.

당연히 자기 뜻대로 되리라는 자신감이라고나 할까.

하지만 이춘상은 그걸 이상하게 생각하지 않았다.

어려서부터 온갖 떠받듦을 받으며 자라 온 게 남궁준이었다.

오히려 이 정도는 양반이었다.

"아, 저는 아닙니다. 저는 순수하게 이 소협과 담소를 나누고자 찾아왔습니다. 물론 원하신다면 얼마든지 응할 마음은 있으나 절대 주목적이 비무는 아닙니다."

자신에게 향하는 이춘상의 시선에 제갈성은 두 팔을 들어 올렸다.

비무가 목적이 아님을 먼저 밝혔던 것이다.

그런데 그 말에 뒤에 있던 제갈령령과 남궁희수가 실소를 터트렸다.

어째 말투가 변명을 해 대는 것 같아서였다.

"다행이네요. 혹시나 했는데."

"하하. 저는 무공보다는 이쪽에 자신이 있어서요."

제갈성이 부드럽게 웃으며 손가락으로 자신의 머리를 가리켰다.

그러나 그 말에 부정하는 이는 없었다.

무공도 뛰어나지만 역시 현룡의 가장 큰 능력은 두뇌였다.

"응해 주시는 겁니까?"

"그거야 어렵지 않습니다만 괜찮으실지 모르겠습니다."

이춘상이 의미심장하게 웃었다.

그런데 남궁준도 만만치 않았다.

묘한 이춘상의 말에 남궁준 역시 자신감 넘치는 미소를 머금었다.

"바로 시작할까요?"

"그러죠."

조금도 고민하지 않는 남궁준의 모습에 이춘상이 재미있다는 표정을 지었다.

그러고는 슬쩍 유하성을 쳐다봤다.

하지만 그의 눈길에도 유하성은 딱히 관심을 보이지 않았다.

대신 원상과 원호가 눈을 빛내며 기대하는 표정을 지었다.

스스스슥.

과거 천재로 중원에 유명했던 이춘상과 검룡 남궁준이 비무를 한다고 주변의 사람들이 일제히 물러났다.

안 듣는 척하고 있었으나 다들 듣고 있었던 것이었다.

그러자 순식간에 원형의 넓은 공간이 만들어졌다.

저벅저벅.

자연스레 만들어진 공터로 이춘상과 남궁준이 걸음을 옮겼다.

그러자 자연스럽게 나머지 사람들은 유하성의 자리에 앉게 되었다.

세 남녀가 슬쩍 한 자리씩 차지했던 것이다.

특히 제갈성은 남궁준과 마찬가지로 금와장주인 황만덕이 원탁에 앉아 있자 호기심을 감추지 못했다.

"유 공자님께서 보시기에는 누가 이길 것 같습니까?"

"장주님께서는 어찌 보십니까?"

"흐음. 승부가 쉽게 나지는 않을 것 같습니다."

유하성이 도리어 물었으나 황만덕은 당황하지 않았다.

다른 의도가 있는 게 아니라 솔직하게 궁금해하는 것임을 잘 알아서였다.

그래서 그는 정석적인 대답을 내놓았다.

장사꾼인 그가 둘을 가늠하는 것 자체가 말이 안 되기도 했고.

"그렇게 보시는군요."

"유 공자님은 어떻게 보십니까?"

이어지는 황만덕의 질문에 모두가 귀를 쫑긋거렸다.

시선은 이춘상과 남궁준에게 향해 있었으나 다들 하나같이 유하성의 대답에 집중했다.

"춘상이가 이길 겁니다."

"이 소협이요?"

"예. 얼마 전이었다면 비등비등했겠지만, 지금은 춘상이가 무조건 이깁니다."

"왜 그렇게 생각하시죠?"

뾰족한 음성이 좌중을 갈랐다.

바로 남궁준의 여동생이자 웃는 모습이 너무나 아름다워 소화(笑花)라 불리는 남궁희수가 입을 연 것이었다.

그리고 말을 하지는 않았으나 그녀의 옆에 앉아 있던 제갈령령 역시 궁금하다는 표정이었다.

너무나 단호하게 이춘상이 이길 거라고 하자 이유가 궁금했던 것이다.

"간단합니다. 남궁 공자보다 춘상이가 더 강하니까요."

"만약 저희 오빠가 이긴다면요?"

늘 웃고 다니는 남궁희수였으나 하나뿐인 오빠의 일이라서 그런지 말투가 날카로웠다.

그러나 흘겨보는 그녀의 눈빛에도 유하성은 담담하게 대

답했다.

"제 의견일 뿐입니다. 꼭 그렇게 되리라는 법은 없지요. 비무의 승패가 꼭 무공의 고하로만 갈리는 것은 아니니."

"오빠가 이길 거예요."

"일단 지켜보죠."

날이 선 남궁희수의 대답에도 유하성의 표정은 변화가 없었다.

오히려 제갈령령이 안절부절못했다.

초면에 너무 쏘아 대는 것 같아서였다.

하지만 한편으로는 호기심이 더욱 짙어졌다.

이 자리의 중심인 유하성이 괜한 말을 하지는 않을 것 같아서였다.

그리고 그녀 역시 과거 이춘상에 대한 소문을 알고 있었다.

'대체 누구지? 개방의 후개와 같이 있다면 평범한 신분은 아닐 텐데. 무당파의 일대제자들이 대하는 것도 심상치 않고.'

제갈령령이 힐끔 유하성을 쳐다봤다.

하지만 쳐다본다고 알 수 있는 건 없었다.

그저 머리만 알쏭달쏭해질 뿐이었다.

그리고 그녀의 오빠인 제갈성 역시 묘한 눈으로 유하성을 주시하고 있었다.

'보통 신분이 아닌 건 확실한데.'

여동생과 마찬가지로 그도 유하성을 은근슬쩍 훔쳐보고 있었다.

인사를 나눈 게 다이지만 이 짧은 순간에 그는 이 자리의 중심이 유하성에게 있음을 알아차렸다.

그렇기에 그는 진심으로 궁금했다.

대체 누구기에 황만덕이 관심을 보이고 이춘상이 함께하려는지가 알고 싶었다.

'지금으로서는 지켜보는 게 다인가. 그래도 볼 게 있으니까.'

제갈성은 궁금증을 살짝 억눌렀다.

묻는다고 대답해 줄 성격으로 보이지 않았고, 초면에 캐묻는 건 실례되는 행동이었다.

명문세가의 자제로서 그럴 수는 없기에 제갈성은 시선을 옮겼다.

모두가 기대하는 비무인 만큼 남궁준과 이춘상 사이에 흐르는 분위기는 상당히 무거웠다.

"시작할까요?"

"그러지요."

이춘상이 고개를 주억거리며 양팔을 벌렸다.

권장지각을 사용하는 그이기에 따로 준비할 건 없었다.

그래서 이춘상은 얼마든지 시작하라는 듯이 두 팔을 벌려 보였다.

스르릉.

그 모습에 남궁준 역시 검을 뽑았다.

발검술과 같은 기습 공격은 하지 않겠다는 무언의 행동이었다.

그러고는 적당한 거리를 벌리고 선 이춘상과 마찬가지로 검을 편하게 늘어뜨렸다.

휘이이잉.

한 줄기 바람이 두 사람을 휩쓸고 지나갔다.

그러나 둘 다 석상이라도 된 것처럼 미동도 하지 않았다.

처음의 자세 그대로 굳어져서는 상대방을 뚫어져라 응시하기만 했다.

그런데 빈틈을 찾는 남궁준과 달리 이춘상은 딴생각을 하고 있었다.

'나도 저런 때가 있었지.'

자신이 제일 잘나간다는 생각과 함께, 자신과 비견될 만한 후기지수는 절대 없을 거라는 오만방자한 생각을 하던 때가 있었다.

실제로 그와 비슷한 나이대에서는 경쟁자가 없었다.

그 정도로 이춘상의 재능은 압도적이었다.

괜히 천재 중의 천재라는 소문이 난 것이 아니었다.

'하지만 그건 정말 어리석은 생각이었지. 세상은 넓고,

고수도 더럽게 많지. 천외천이라는 말이 괜히 있는 게 아니니까.'

다른 이들에게는 어렵다는 무공이 이춘상에게는 너무나 쉬웠다.

심지어 개방의 비전절학들조차 말이다.

그렇기에 이춘상은 별다른 경쟁자 없이 후개가 되었고, 정체되었다.

대충 해도 빠르게 성장했기에 어느 순간 굳이 열심히 할 필요가 없다고 생각했다.

그러나 그건 착각이었고, 어쭙잖은 오만이었다.

그 사실을 이춘상은 유하성을 만나고서 알게 되었다.

'모든 게 자신의 발아래 있는 듯한 느낌이겠지. 흐흐!'

과거의 자신 역시 저랬었기에 이춘상은 지금 남궁준이 무슨 생각을 하고 있는지 너무나 잘 알았다.

그래서 그는 알려 줄 생각이었다.

인생 선배로서 세상은 넓고 괴물은 많다는 사실을 말이다.

'드루와, 드루와.'

씨익 웃으며 이춘상이 팔을 슬쩍 움직였다.

일부러 허점을 보인 것이었다.

그런데 그걸 순간적으로 집중력이 흐트러진 걸로 봤는지 남궁준이 검을 찔렀다.

벼락같은 일검을 그에게 내질렀던 것이다.

타아앙!

쾌검에도 일가견이 있는 남궁세가답게 남궁준의 찌르기는 날카로웠다.

정확히 이춘상의 사혈을 노리고서 파고들었던 것이다.

하지만 빠르기는 해도 그의 시야에서 벗어날 정도는 아니었다.

그렇기에 이춘상은 유려하게 팔을 휘둘러 손등으로 남궁준의 검신을 튕겨 냈다.

"흐읍!"

그게 마음에 들지 않았던 것일까.

남궁준의 미간에 골이 생기며 검세가 달라졌다.

단순히 검식을 펼치는 게 아니라 본격적으로 공력을 끌어올렸다.

웅웅웅!

이윽고 서릿발 같은 검기가 줄기줄기 솟구치며 이춘상에게 쇄도했다.

남궁세가가 자랑하는 창궁무애검법(蒼穹無涯劍法)이 펼쳐진 것이었다.

푸른 검기가 순식간에 전신요혈로 파고드는 모습에 이춘상도 땅을 박찼다.

퍼퍼퍼펑!

화려하게 움직이는 그의 양손에 따라 허공 곳곳에서 폭음이 터졌다.

남궁준과 마찬가지로 이춘상 역시 공력을 일으킨 것이었다.

개방의 대표 절학 중 하나인 파옥신장(破玉神掌)이 강맹한 기세로 남궁준의 검기를 깨부쉈다.

꾸욱!

그 광경에 남궁준이 이를 악물었다.

자신의 재능을 주체하지 못해 게을러졌다고 들었는데 생각했던 것보다 초식이며 움직임이 상당했다.

'썩어도 준치란 말이지!'

지금은 그를 후기지수 중 최고라고 하지만 불과 오 년 전만 하더라도 정도무림 최고의 후기지수는 옥만개였다.

그렇기에 그는 이를 악물고 죽어라 수련했다.

남궁세가의 후계자로서, 향후 천하제일검가라 불리는 남궁세가의 주인이 될 사람으로서 반드시 이춘상을 넘어 최고가 되어야 한다고 생각했다.

그리고 그걸 몇 년 전에 이루어 냈다.

스스로의 천재성에 함몰되어 사라진 이춘상을 대신해 그가 최고의 후기지수가 되었던 것이다.

그 이름도 찬란한 검룡이라 불리며 말이다.

콰아앙!

남궁준은 오늘 그 사실을 다시 한번 만천하에 알릴 생각이었다.

더 이상 이춘상이 최고가 아님을, 자신이 최고임을 말이다.

그 사실을 증명하듯 남궁준의 검세는 초식을 거듭할수록 더욱 강력해졌다.

공력을 점점 더 끌어올렸던 것이다.

"홋."

그러나 이춘상은 그걸 알면서도 물러나지 않았다.

아니, 오히려 더욱더 정면 대결을 고집했다.

힘에서 밀린다면 모를까 그렇지 않았기에 이춘상 역시 공력을 가일층 끌어올렸다.

콰콰콰쾅!

뒤가 없는 것처럼 오직 돌진만 하는 두 사람의 모습에 모두가 손에 땀을 쥐었다.

그 정도로 격렬하고 박진감이 넘쳤던 것이다.

하지만 두 사람이 주고받는 공방을 제대로 보는 이는 드물었다.

"우와……."

검기와 장풍이 난무하는 둘의 대결에 제갈령령이 눈을 반짝였다.

어제와는 격이 다른 두 사람의 비무에 눈이 호강하는 느낌이었다.

반면에 옆에 앉아 있던 남궁희수는 두 눈을 부릅뜨고 둘의 비무를 지켜봤다.

오빠의 승리를 기원하면서 말이다.

"으음!"

그러나 겉으로 보이는 형세는 백중세였다.

누가 우위를 점했다고 보기 힘들 정도로 남궁준과 이춘상은 막상막하의 대결을 하고 있었다.

그래서인지 주변이 고요했다.

다들 침 삼키는 것도 잊고서 두 사람의 비무를 지켜보고 있어서였다.

후르릅.

하지만 모두가 다 그런 건 아니었다.

어디에나 예외는 있었고, 유하성이 바로 그러했다.

쉴 새 없이 몰아치는 두 사람의 격렬한 비무에도 유하성은 관심 없다는 듯이 차만 홀짝였다.

그리고 그걸 황만덕이 지켜보고 있었다.

상인인 그에게는 너무 수준 높은 비무이기에 사실 굉음과 폭발만 들리고 보였지 두 사람의 공방이 제대로 보이지 않았다.

그래서 그는 비무를 보면서 중간중간 유하성을 힐끔거렸다.

"이거, 좋지 않은데?"

"네? 그게 무슨 말씀이세요?"

양손을 꼭 붙잡고서 비무에 집중하던 남궁희수가 갑자기 흘러나온 제갈성의 말에 곧바로 반응을 보였다.

누구라고 지칭하지 않았으나 그녀는 제갈성이 누굴 보고 말하는 것인지 알 수 있어서였다.

"뭐 때문에 그런 건데? 사실 나는 잘 안 보여. 두 분이 엇비슷하게 공방을 주고받는 것으로밖에는 보이지 않아서."

"나도 전부 다 눈에 보이는 건 아냐. 둘 다 내 수준을 상회하니까. 다만 내가 보는 건 두 사람의 표정이야. 초식을 완벽하게 따라갈 수는 없어도 표정은 볼 수 있지."

오빠의 말에 제갈령령이 고개를 돌렸다.

그러고는 재빨리 남궁준과 이춘상의 표정을 살폈다.

그러자 명백하게 다른 두 사람의 표정이 보였다.

"어……."

제갈성의 말대로 두 사람의 표정은 극명하게 나뉘었다.

동시에 제갈령령과 남궁희수는 알 수 있었다.

겉으로 보이는 것과는 상황이 많이 다르다고 말이다.

남들이 보기에는 용호상박처럼 보이겠지만 실상은 달랐다.

"어쩌면 승패가 일찍 갈릴 수도 있겠어."

무거운 어조로 말을 이으며 제갈성이 유하성을 힐끗 쳐다봤다.

마치 이럴 걸 처음부터 알고 있었느냐는 눈빛이었다.

하지만 그가 쳐다보거나 말거나 유하성은 일절 시선을 주지 않았다.

그저 처음과 마찬가지로 담담히 차만 들이켰다.

한편 남궁준은 당혹감을 감추지 못했다.

과거 천재로 유명했다고 하나 그건 말 그대로 과거였다.

현재 후기지수 중 최고는 자신이었다.

그런데 잊힌 천재라고는 볼 수 없을 정도로 이춘상은 강했다.

쩌어엉!

적수공권임에도 불구하고 이춘상의 장력은 단단하며 강력했다.

그의 검기 따위 전혀 두렵지 않다는 듯이 조금도 물러나지 않고 그대로 밀고 들어왔다.

실제로 몇십 번이나 충돌했음에도 이춘상의 두 손은 멀쩡했다.

옷만 조금 갈라졌을 뿐.

물론 그 역시 일격을 허용하지는 않았으나 문제는 충격이었다.

격돌할 때마다 누적되는 충격에 그의 손목은 조금 전부터 시큰거리기 시작했다.

'손을 놓은 게 아니었나.'

점차 줄어드는 소식처럼 남궁준은 이춘상이 퇴보했을 거라고 생각했다.

재능은 있지만 그 재능에 취해 무너지는 천재들이 드문 건아니었으니까.

자신감이 자만이 되는 건 금방이었다.

그러다가 결국 무너지는 것이었고.

'절대 적당히 익힌 수준이 아냐.'

남궁준이 입술을 깨물었다.

처음 비무를 시작할 때만 하더라도 그는 승리하는 게 어렵지 않을 거라고 생각했다.

게으름도 습관이라는 말처럼 한번 빠지면 헤어 나오기가쉽지 않았다.

그렇게 허송세월을 보내면 재능도, 감각도 녹슬기 마련이었다.

한데 지금 눈앞에 있는 이춘상은 그렇지 않았다.

'하지만 이기는 건 나다.'

대충 수련했다고 보기 힘들 정도로 날카롭고 정교한 초식이었으나 남궁준은 자신이 질 거라고 생각하지 않았다.

그는 대남궁세가의 소가주였다.

또한 구룡 중 최강이라 불리는 검룡이었고.

예상했던 것보다 이춘상의 실력이 뛰어나다고 하나 결국

이기는 건 자신이라고 생각했다.

"흐읍!"

한 치도 밀리지 않고, 오히려 저돌적으로 파상공세를 펼치는 이춘상을 노려보며 남궁준은 단전의 공력을 전부 끌어올렸다.

막대한 공력으로 승부를 내려는 것이었다.

초식으로 승부가 갈리지 않는다면 압도적인 힘으로 찍어 누르는 방법도 있었다.

어려서부터 온갖 영약을 먹고 자란 그였기에 내공에는 자신이 있었다.

웅웅웅!

거기다 천하를 풍미할 절세무공까지 익혔으니 남궁준은 자신감이 없을 수가 없었다.

지금까지 누구보다 열심히 수련하기도 했고 말이다.

"검강!"

"역시 검룡!"

"저 나이에 실전에서 검강을 시전할 정도라니……!"

숨죽인 채로 두 사람의 비무를 지켜보던 몇몇 후기지수들이 탄성을 터트렸다.

절정고수의 상징이기도 했지만 실전 중에 검강을 사용하는 것과 단순히 검강을 생성시키는 것에는 현격한 차이가 있었다.

그렇기에 다들 놀란 것이었다.

하지만 남궁준은 주변 사람들의 탄성이 들리지 않았다.

'이 한 방으로 끝낸다!'

검강은 강력했지만 그만큼 내공과 심력의 소모가 극심했다.

그렇기에 서둘러 결판을 내야 했다.

부우우웅!

묵직한 파공성과 함께 짙푸른 색의 검강이 벼락처럼 이춘상의 머리 위로 떨어져 내렸다.

남궁준이 승부수를 띄운 것이었다.

그러나 그는 처음은 물론이고 지금도 보지 못하고 있었다.

이춘상의 표정을 말이다.

쑤아아앙!

눈부신 백광이 일순 남궁준의 시야를 가득 채웠다.

동시에 무지막지한 꿍음과 함께 손목이 끊어질 것 같은 고통이 엄습했다.

백광과의 충돌로 인한 충격이 고스란히 손목으로 돌아온 것이었다.

동시에 남궁준은 본능적으로 이번 공격이 실패했음을 느꼈다.

"크흑!"

과도한 진기 사용으로 인해 진즉부터 시뻘겋게 변했던 남궁준의 얼굴이 더욱더 붉어졌다.

금방이라도 터질 것처럼 새빨갛게 변했던 것이다.

하지만 지독한 고통 속에서도 남궁준은 검을 놓지 않았다.

오히려 왼손으로 오른손의 손목을 부여잡고는 재차 검을 찔러 넣었다.

검강이 막혔다고 하나 아직 승부가 결정 난 것은 아니었다.

그렇기에 남궁준은 마지막까지 포기하지 않고 검을 움직였다.

"근성은 있군요."

쩌어어엉!

그러나 처음과 달리 매서움을 잃어버린 검극은 허망하게 허공으로 솟구쳤다.

흔들리는 검 끝을 이춘상이 정확히 튕겨 낸 것이었다.

그러고는 물 흐르듯이 자연스럽게 파고들어서는 장강을 남궁준의 코앞에 들이밀었다.

부르르!

새하얀 장강이 눈앞에 다가온 모습에 남궁준이 몸을 떨었다.

완벽한 자신의 패배여서였다.

논란의 여지가 전혀 없는 완벽한 패배에 남궁준은 믿을 수 없다는 표정을 지었다.

이렇게나 격차가 클 줄은 몰랐기에 남궁준은 충격받은 얼굴로 멍하니 이춘상의 손바닥을 바라봤다.

"……졌습니다."

"한마디 하자면, 세상은 넓습니다. 저 역시 얼마 전에 이 사실을 느꼈고요. 그러니 너무 충격받지 마시길."

"그 말씀은, 이 소협보다 더 강한 사람이 있다는 겁니까?"

"예."

손을 거두며 이춘상이 고개를 주억거렸다.

그러나 그는 믿을 수가 없었다.

최고라는 자신감이 산산조각 난 게 방금인데 이춘상보다 더한 강자가 있다고 하자 믿기지가 않았던 것이다.

"동년배 중에 말씀이십니까?"

"예. 그리고 이 자리에 있지요."

남궁준의 동공이 일순 커졌다.

순간적으로 한 사람이 떠올라서였다.

그러고는 다시 한번 믿을 수 없다는 표정을 지었다.

"세상은 넓더라고요. 근데 그게 꼭 나쁘지만은 않은 것 같습니다. 저를 정신 차리게 만들어 주었으니까요. 거기다 의욕도 생기고. 혼자 있는 것보다는 추격하는 게 더 재미있기도 하고."

"으음!"

이어지는 이춘상의 말에도 남궁준의 표정은 펴질 기미를

보이지 않았다.

그 정도로 그가 받은 충격은 컸다.

적어도 후기지수 중에는 자신에게 견줄 만한 인물이 얼마 없다고 생각했다.

웬만한 강호명숙도 상대할 자신이 있었으니까.

그런데 그 생각이 지금 이 순간 박살이 났다.

심지어 한 명도 아니고 두 명이라는 말에 남궁준은 고개를 돌렸다.

"괜히 사람이 모이는 게 아니겠지요."

"……한참 멀었군요."

"이렇게 생각하시죠. 지금이라도 알았으니 다행이라고. 만약 몰랐다면 따라잡을 생각도, 엄두도 나지 않았을 겁니다."

"후우."

남궁준이 크게 심호흡을 했다.

그러나 연속적으로 누적된 충격으로 인해 손의 떨림은 좀처럼 가라앉지 않았다.

반면에 이춘상은 호흡만 조금 흐트러졌을 뿐이었다.

검풍으로 인해 옷 군데군데가 갈라지긴 했으나 상처는 없었다.

"가끔은 충격요법도 필요한 법이지요."

"맞습니다. 그동안 제가 너무 나태해졌던 것 같습니다."

"저도 그랬었습니다. 아니, 더 심했죠."

자신보다 더한 재능은 없을 거라고, 이 정도만 해도 충분하다고 대충 수련했던 게 자신이었다.

그렇게 해도 다른 이들을 압도하기도 했었고.

그러다 보니 나태라는 마귀가 찾아왔고, 허송세월을 보냈다.

하지만 한 사람을 만나고 이춘상은 각성했다.

"이 소협의 말씀이 다 맞습니다. 이제라도 알았으니 다행입니다. 그러니 다시 정신 차리고 해야겠지요. 신나게 깨지면서요."

남궁준의 시선이 혼자 여유롭게 차를 홀짝이는 유하성에게로 향했다.

모두가 이곳에 집중할 때 오직 그만이 딴 세상에 있는 듯했다.

조금의 관심도 없다는 듯이 자기만의 세상에 있는 듯한 모습에 남궁준은 눈을 빛냈다.

"마음은 알겠는데, 쉽지 않을 겁니다. 저도 안 받아 주는데요."

"네?"

"괜히 제가 따라다니는 게 아닙니다."

"허어."

남궁준이 두 눈을 끔뻑거렸다.

이게 무슨 말인가 싶어서였다.

하지만 목마른 놈이 우물 판다고 부탁해야 하는 쪽은 이쪽이었다.

"아, 참고로 순서는 제가 첫 번째입니다. 이건 절대 양보 못 합니다. 뭐, 결정권은 저 친구가 가지고 있지만요."

"두 번째를 노려 봐야겠군요."

생각지도 못한 패배였으나 남궁준은 의외로 충격을 빠르게 수습했다.

자만이 산산조각 났으나 의외로 기분은 나쁘지 않았다.

오히려 오기가 치솟았다.

안타깝게 패배했다면 다시 붙자고 하겠는데 격차가 너무 명확하기에 다시 붙어도 결과는 뻔했다.

대신 다른 목표가 생겼다.

우선 이춘상을 넘고 나머지 산도 넘을 생각이었다.

"흐음. 쉽지는 않을 겁니다."

"그래도 해 봐야죠."

"하긴. 저도 마찬가지니."

"일단 비무부터 마무리 지을까요."

"그러지요."

남궁준이 검을 납검하고는 정중히 포권을 했다.

생사결이 아닌 비무이기에 마지막 예의를 다하는 것이었다.

그렇기에 이춘상 역시 자세를 바로하고는 답례했다.

"갈까요?"

"음?"

허리를 펴던 이춘상이 눈을 동그랗게 떴다.

너무나 당연하다는 듯이 남궁준이 일행이 앉아 있는 곳을 향해 걸어가서였다.

물론 여동생인 남궁희수 때문에 가는 것일 수도 있겠지만 이춘상은 본능적으로 알았다.

꼭 그 이유만이 아니라는 사실을 말이다.

"안녕하십니까?"

"아, 예."

그러나 이춘상의 생각은 더 이상 이어지지 않았다.

비무가 끝나자 구룡을 비롯한 후기지수들이 모여들어서였다.

자연스럽게 인사하며 다가오는 그들의 모습에 이춘상은 넉살 좋게 응대하며 천천히 걸음을 옮겼다.

"개방에서도 손을 놓았다는 말이 있었는데, 거짓말이었나 봅니다."

"아니면 최근에 정신을 차린 것일 수도 있지요."

용봉회는 후기지수들의 모임이지만 젊은이들만 모이는 건 아니었다.

인솔자 겸 책임자들이 필요했기에 연회장에는 강호명숙들도 많았다.

나름 명사라 불리는 이들도 수두룩했고 말이다.

하지만 역시나 중심에 있는 건 남궁수였다.

"그랬을 수도 있겠군요. 쉽지 않은 일이기는 하지만."

"어쨌든 후기지수들에게 좋은 자극이 될 것 같습니다."

"자극도 자극이지만 한동안 꽤나 시끄러워질 것 같습니다. 십룡이 되든가, 아니면 한 명이 밀려나든가 해야 할 테니."

중년인들의 표정이 각기 달라졌다.

구룡에 속해 있는 가문들과 문파의 사람들은 얼굴이 어두워진 반면 그렇지 않은 이들은 표정이 밝아졌다.

이춘상의 등장으로 지금까지의 질서가 뭉개질 것임을 잘 알아서였다.

그러나 두 부류 다 똑같은 게 있다면 남궁수의 표정을 살핀다는 것이었다.

어떻게 보면 자기 집 앞마당에서 망신을 당한 것이나 마찬가지였기에 다들 은근슬쩍 남궁수를 훔쳐봤다.

그런데 의외로 남궁수는 언짢은 기색이 전혀 없었다.

'시기적절했지.'

하나뿐인 아들이자 소가주인 남궁준이 패배했으나 남궁수는 딱히 심기가 불편하지 않았다.

무인에게 있어 패배는 병가지상사일뿐더러 요즘 들어 아들이 나태해졌음을 알아서였다.

몇 번이고 말했지만 남궁준은 인정하지 않았다.

하지만 오늘의 패배로 남궁준은 깨달았을 터였다.

지금 자신이 여유를 부릴 때가 아님을 말이다.

딱 적당한 시기에 당한 패배였기에 남궁수는 오히려 기꺼웠다.

'그나저나 옥만개라.'

모두가 눈치를 보고 있었으나 남궁수는 정말 개의치 않았다.

이번 패배로 아들이 더욱 무공 수련에 정진할 테니까.

그게 남궁준에게는 오히려 나았다.

제가 최고라서 생각하며 나태에 빠지는 것보다는 말이다.

'재기하기에는 늦었다고 생각했는데.'

남궁수의 시선이 구룡들과 나란히 걸어가고 있는 이춘상에게로 향했다.

뒤늦게 아들과의 비무를 보고 그는 정말 놀랐다.

어느 순간 잊혔기에 남궁수는 당연히 이춘상이 무너졌을 거라고 생각했다.

그런데 놀랍게도 이춘상은 보기 좋게 재기에 성공했다.

'오히려 더 날카로워졌어.'

허송세월을 보냈다고는 믿기지 않을 정도로 이춘상의 움

직임은 대단했다.

그간의 노력이 엿보일 정도로 쓸데없는 움직임이 없었고, 지극히 효율적으로 초식을 펼쳤다.

거기에 적지 않은 경험까지 합쳐지니 지금의 남궁준이 패배할 수밖에 없었다.

'개방주님은 이제 걱정이 없으시겠군. 응?'

남궁준에게는 몸에 좋은 쓴 약이 될 테고 이춘상의 재기는 정도무림에 있어 좋은 일이었다.

뛰어난 후기지수가 많을수록 정도무림의 미래는 밝을 테니까.

그런데 그때 한 명의 청년이 그의 시선을 끌었다.

어쩌다 보니 보게 되었는데 보는 순간 그는 기묘한 감각을 느꼈다.

'잠깐.'

겉으로 보기에는 평범하기 짝이 없는 청년이었다.

구룡이나 이춘상과 비교하면 존재감이 거의 없었다.

한데 이상하게 그의 시선을 끌었다.

무신경한 태도가 의아하긴 하나 그렇다고 그가 주시할 이유는 되지 않았다.

'아니지. 이유 없는 결과는 없는 법.'

시선이 자꾸 간다면 이유가 있는 법이었다.

아무 이유 없이 그의 감각이 이러지는 않을 터였다.

스윽.

그때 유하성이 그를 쳐다봤다.

거리가 제법 떨어져 있음에도 시선을 느낀 듯 정확히 그를 응시했던 것이다.

그리고 그 순간 남궁수는 확신이 들었다.

"허어!"

"왜 그러십니까?"

"아닙니다."

갑자기 놀라는 남궁수의 모습에 주변에 있던 이들이 눈을 동그랗게 떴다.

무슨 일인가 싶어서였다.

그러나 그들의 질문에 남궁수는 고개를 저었다.

굳이 그들에게 자신이 본 걸 말해 줄 이유는 없어서였다.

'금와장주까지 함께 있군. 역시 그도 무언가를 본 건가.'

무인은 아니지만 황만덕은 상인으로서 일가를 이룬 인물이었다.

더욱이 사람 보는 눈이 탁월하기로 유명한 인물이니만큼 무인이 아니더라도 무언가를 봤을 터였다.

관상학에 일가견이 있다는 것도 알았고.

하지만 그럼에도 남궁수는 놀라웠다.

'이번 용봉회는 성공적이군.'

남궁수가 의미심장한 미소를 지었다.

생각지도 못한 이들의 등장으로 이번 용봉회가 성황리에 끝날 것 같아서였다.

거기다 남궁준 역시 벽을 마주했으니 앞으로는 자만심이 절대 자라나지 못할 터였다.

물론 생각지도 못한 벽을 마주하고 무너질 수도 있으나 그가 알고 있는 아들은 절대 그럴 일 없었다.

"어제도 그렇고, 오늘도 주인공은 후개인 것 같습니다."

남궁수가 흐뭇하게 웃고 있을 때 누군가가 볼멘소리를 내뱉었다.

너무 이춘상에게 관심이 집중되는 것 같아서였다.

그러나 그건 어쩔 수 없었다.

애초에 강호는 약육강식의 세계였다.

'이따가 조용히 찾아가 봐야겠어.'

곳곳에서 비슷한 투덜거리는 말들이 들렸으나 남궁수는 흘려들었다.

굳이 일일이 반응해 줄 필요가 없어서였다.

약자가 도태되는 건 자연의 이치이고 섭리였다.

그게 싫다면 악착같이 노력하면 될 일이었다.

"정말 말씀하신 대로 되었습니다."

황만덕이 놀란 표정을 지었다.

그뿐만 아니라 원상과 원호를 제외한 모두가 같은 표정이었다.

설마 하긴 했으나 이렇게 맞힐 줄은 몰랐기에 모두가 놀란 눈으로 유하성을 쳐다봤다.

그러나 유하성은 담담했다.

"춘상이가 열심히 수련했습니다. 기본적으로 재능이 뛰어나기도 하고요."

"그래도 모두가 백중세, 혹은 남궁 공자의 승리를 점쳤을 겁니다. 저 역시 마찬가지였고요."

"그리 대단한 건 아닙니다. 남궁 공자보다는 춘상이에 대해 더 잘 알고 있기에 이길 거라 생각한 겁니다."

"그 말씀은 두 분의 무경이 가늠된다는 뜻인가요?"

낭랑한 목소리가 대화에 끼어들었다.

제갈성과 나란히 앉아 있던 제갈령령이 궁금증을 참지 못하고 입을 연 것이었다.

그리고 남궁희수 역시 마찬가지로 궁금하다는 듯이 유하성을 뚫어져라 쳐다봤다.

제16장 무당의 신룡神龍

"그건 너무 멀리 간 것 같습니다."

"흐음."

애매모호한 대답에 제갈령령이 미간을 좁혔다.

하지만 유하성은 더 이상 대답하지 않았다.

굳이 대답해 줄 의무는 없어서였다.

그렇다고 자랑할 마음도 전혀 없었고.

"뭐야? 분위기 왜 이래?"

분위기가 묘하게 가라앉아 있을 때 구룡들과 후기지수들을 잔뜩 이끌고 온 이춘상이 자리로 돌아왔다.

두 눈으로 원탁을 두리번거리면서 말이다.

"네가 이긴 것에 다들 놀란 모양이야."

"하긴. 의외이긴 했을 거야. 나에 대해서는 다들 까맣게 잊고 있었을 테니까."

이춘상이 고개를 주억거렸다.

모두가 남궁준의 승리를 점쳤을 게 분명했다.

그러나 세상일이란 게 늘 예상과 추측대로만 흘러가지는 않았다.

당장 그만 하더라도 유하성을 만나지 못했더라면 계속 방황하고 있었을 것이었다.

"처음 뵙겠습니다. 남궁준이라고 합니다."

"유하성입니다."

이춘상이 잠시 과거를 회상하고 있을 때 남궁준이 한 걸음 앞으로 다가왔다.

기다렸다는 듯이 유하성에게 인사했던 것이다.

그런데 유하성을 쳐다보는 그의 눈빛이 심상치 않았다.

호승심으로 뜨겁게 불타는 눈빛으로 유하성을 쳐다봤다.

'나에 대해 또 나불거린 거 같은데.'

누가 봐도 투지를 불태우는 남궁준의 모습에 유하성이 쓴 웃음을 지었다.

또 쓸데없이 입을 놀린 거 같아서였다.

성격은 참 좋은데 이춘상은 입이 문제였다.

누가 거지 아니랄까 봐 너무나 가벼웠다.

"기회가 된다면 한 수 배우고 싶습니다."

먼저 와 있던 이들과 황만덕에게 인사를 하던 후기지수들이 두 눈을 동그랗게 떴다.

남궁준이 먼저 비무를 청하는 경우가 거의 없다는 걸 잘 알아서였다.

보통은 그가 비무 신청을 받기 마련인데 먼저 비무를 청하자 다들 눈을 휘둥그레 뜨고서 유하성을 쳐다봤다.

그러고는 하나같이 다들 고개를 갸웃거렸다.

이춘상의 경우 얼굴이 알려지지 않았을 뿐이지 그에 대해서는 의외로 널리 퍼져 있었다.

더욱이 이춘상은 후개였고.

그러나 유하성에 대해서는 아무것도 알려지지 않았기에 다들 의아한 표정이었다.

"오늘은 좀 그렇고, 나중에 시간이 되면 그때 한번 어울려 보죠."

"알겠습니다."

남궁준이 묘한 표정을 지었다.

어조는 그가 바빠서 시간이 나겠냐고 하는 듯했지만 실상은 달랐다.

완곡한 거절이라는 걸 알아차렸기에 남궁준은 내심 실소를 흘렸다.

"역시 쉽지 않은 남자. 근데 난 그 모습이 좋더라."

"네가 안 되면 남도 안 된다는 거냐?"

"당연하지. 내가 일 순위야. 이건 누구에게도 양보할 수 없지."

"그걸 왜 네가 결정해?"

"끄응!"

은근슬쩍 공식화하려고 했던 이춘상이 앓는 소리를 냈다.

어째 분위기가 점점 더 경쟁자가 늘어날 것 같아 순서를 공고히 하려고 했는데 역시나 유하성은 만만치가 않았다.

그리고 그 모습을 황주연이 신기하다는 눈빛으로 쳐다봤다.

단 하루 만에 모든 게 달라져서였다.

'장주님께서 보신 게 맞았어.'

불과 어제만 하더라도 이 자리는 절대 주류에 속해 있다고 말할 수 없는 자리였다.

오히려 연회장 내에 있었음에도 동떨어져 있었다.

찾아오는 이도, 알아보는 이도 없었다.

만약 이춘상이 서문광의 일에 나서지 않았다면 네 사람이 여기 있는 줄도 몰랐을 터였다.

'거기다 남궁 공자도 무언가를 알고 있는 듯하고.'

황주연은 분명히 봤다.

호승심이 가득한 눈빛으로 유하성을 쳐다보던 모습을 말이다.

그런데 재미있는 건 유하성에 대해 알려진 게 여전히 거의 없다는 점이었다.

'딱히 숨기는 것 같지는 않은데.'

황주연이 고운 아미를 좁혔다.

암만 봐도 숨기는 척을 하는 것 같지는 않아서였다.

그렇다는 말은 강호초출이라는 얘기인데 그건 또 그것 나름대로 신기했다.

'한 가지 확실한 건 보통 사람이 아니라는 거.'

사실 오늘 아침까지만 해도 그녀는 반신반의했다.

부친이 유하성을 너무 고평가하는 것 같아서였다.

그러나 지금은 생각이 달라졌다.

유유상종이라는 말처럼 이춘상이 함께 있으려고 하는 데에는 이유가 있을 거라는 생각이 들었다.

대부분의 사람들이 잠들어 있을 늦은 밤.

유하성은 홀로 침상에 앉아 명상을 하고 있었다.

정확히는 오늘 있었던 이춘상과 남궁준의 비무를 떠올렸다.

직접 상대하지는 않으나 보는 것만으로도 충분히 복기할 수 있었기에 유하성은 이춘상의 자리에 자신을 넣었다.

'창궁무애검이라. 확실히 대단하기는 해.'

검룡이라 불리는 이답게 남궁준의 검초는 매섭고 강맹했다.

유(柔)와 강(剛)이 절묘하게 어우러져 있는 검세였는데 성취가 아직 그렇게까지 높은 수준이 아님에도 위력이 상당했다.

한쪽에 치우쳐 있지 않기에 태극권으로서는 상당히 까다로운 무공이라고나 할까.

그러나 상대하지 못할 정도는 아니었다.

'대성을 이룬 창궁무애검의 모습이 궁금하군.'

창궁무애검법은 천하일절이라 불러도 무색함이 없을 정도로 뛰어난 무공이었다.

하지만 안타깝게도 남궁준의 성취가 그리 높지 않았다.

뛰어난 무공이니만큼 심오하기에 대성이 쉽지 않은 것이었다.

그렇지만 남궁준의 나이를 생각하면 절대 낮은 수준은 아니었다.

'춘상이의 마지막 일격은 강룡십팔장이었고.'

백색의 장강을 떠올리며 유하성은 작게 고개를 주억거렸다.

패도적이라는 말이 절로 떠오를 정도로 강룡십팔장은 강력했다.

다만 한계도 분명하게 보였다.

일시에 막대한 공력을 사용하는 만큼 현재 이춘상의 내공으로는 자주 펼치기 힘들어 보였다.

"음?"

강호일절이라 부르기에 모자람이 없는 두 무공을 곱씹고 있는데 건물 밖에서 한 줄기 기세가 은밀하게 실내로 파고들었다.

정확히 그를 노리고서 누군가가 기세를 뿌렸던 것이다.

그러나 아무나 느낄 수 있는 기세는 절대 아니었다.

일정 수준이 되지 않으면 느낄 수 없는 은밀하고 교묘한 기세에 유하성이 피식 웃었다.

"이런 장난은 별로 좋아하지 않는데."

살기나 투기가 아닌, 슬쩍슬쩍 신경을 건드는 기세에 유하성이 두 눈을 떴다.

그러고는 창문을 통해 몸을 훌쩍 날렸다.

"왔나?"

기세를 따라 이동하자 후원 한 곳에 위치한 연무장에 도착할 수 있었다.

외인에게는 혀락되지 않는 공간인지 연무장 주변에 인기척은 없었다.

대신 연무장 한가운데에 뒷짐을 지고서 한 사람이 서 있었다.

"가주님께서 이런 장난을 좋아하실 줄은 몰랐습니다."

"역시 내가 본 게 맞았군."

"아닐 거라 생각하셨습니까?"

"그럴 가능성도 있다고 생각했지. 나라고 모든 걸 다 아는 건 아니니까. 실수도 하고 말이지.”

뒷짐을 지고서 반달을 올려다보던 남궁수가 몸을 돌렸다.

그런데 단순히 몸을 돌린 것뿐인데도 상당한 압박감이 느껴졌다.

따로 기세를 뿌린 것도 아닌데 순수한 남궁수의 존재감에 압도당한 것이었다.

‘이게 검제(劍帝)인 건가.’

낮에 잠깐 눈이 마주쳤을 때도 느꼈었지만 남궁수는 강했다.

괜히 천하십대고수의 일인으로 꼽히는 게 아니라는 듯이 말이다.

언뜻 느껴지는 존재감만 하더라도 결코 사백인 명천의 아래가 아니었다.

실제로 세인들 역시 검선과 검제의 차이가 그리 크지 않을 거라고 말했고.

‘아직은 무리지만.’

유하성이 눈을 빛냈다.

아직 그로서는 명천은 물론이고 남궁수의 무위가 명확히 보이지 않았다.

하지만 또 막막한 건 아니었다.

부족한 건 사실이지만 그렇다고 따라잡지 못할 수준이라는 생각은 들지 않았다.

"의외로 패기 있는 성격이로군? 낮에 봤을 때는 상당히 무심한 성격으로 보였는데."

"제 나름대로 용봉회를 즐기고 있었습니다."

"즐기기보다는, 구경하고 있었겠지. 정확하게는 지루했을 테고."

"아닙니다. 많은 걸 보고, 느꼈습니다."

남궁수가 피식 웃었다.

말은 저렇게 하고 있지만 그는 알았다.

왜냐하면 그 역시 유하성과 같았던 시절이 있었으니까.

"그럴 리가. 자네한테는 아이들 재롱으로 보였을 텐데."

"아이한테서도 배울 게 있으니까요."

"좋은 마음가짐이로군. 준이도 그런 생각을 좀 가져야 할 텐데. 너무 오냐오냐 키웠어."

남궁수가 입맛을 다셨다.

재능도 넘치고 열심히 하려는 의지도 있었다.

그러나 모든 게 갖춰졌기에 독기나 근성이 부족했다.

애초에 결핍이란 걸 모르고 자랐기에 그런 부분에서는 아쉬웠다.

"오늘의 비무가 좋은 자극이 되었을 거라고 생각합니다."

"그렇겠지. 동년배 중에서는 자기가 최고라고 생각했는데, 그게 아니라는 사실을 깨달았으니까. 후개가 아주 박살을 내 놓기도 했고. 거기다 자네에 대해서도 얼추 아는 것 같은데?"

"입이 싼 놈이 옆에 있어서요."

"푸하하하!"

남궁수가 자기도 모르게 웃음을 터트렸다.

개방의 후개를 입 싼 놈이라고 말할 수 있는 이가 있다는
게 신기해서였다.

물론 나쁜 의미로 한 말이 아니란 걸 그도 알았다.

정말 악의가 있었다면 절대 저런 식으로 말하지 않으니까.

"사실 똥 묻은 개가 겨 묻은 개 나무란 꼴이긴 하죠."

"역시 자네였군? 후개를 제정신 차리게 해 준 사람이."

"어쩌다 보니 인연이 닿았습니다."

"참 인연이라는 게 묘해. 우리가 이렇게 만난 것처럼 말이
지. 무당파의 제자라고?"

"그렇습니다."

이미 다 조사를 했을 것이기에 유하성은 순순히 대답했다.
굳이 숨길 이유도 없었고.

"스승이 누구신가?"

"명운 진인이십니다. 그런데 아마 모르실 겁니다. 강호에
서 활동을 거의 안 하셨는지라."

"명 자 돌림이라면, 전 장문인 배분 아닌가?"

"그렇습니다."

남궁수가 살짝 놀랐다.

무당파의 일대제자들과 나이 차가 별로 나지 않는데 배분은 더 높아서였다.

그러나 이런 일이 의외로 비일비재했기에 크게 놀라지는 않았다.

대신 흥미로운 눈으로 유하성을 쳐다봤다.

"그럼 장로인가?"

"아닙니다. 속가제자라 배분은 높지만 별다른 직책은 없습니다."

"호오. 그것도 놀라운데? 속가제자가 그 정도 수준이라니."

남궁수는 다른 의미로 놀랐다.

아니, 배분을 알았을 때보다 더 놀랐다.

유하성의 수준이 일개 속가제자의 수준을 아득히 넘어서였다.

"어떤 무공이냐도 중요하지만, 누가 익히느냐도 중요하니까요."

"내가 어리석은 말을 했군."

우문에 현답이 들려오자 남궁수는 먼저 사과했다.

어떻게 보면 속가제자를 비하하는 발언으로 들릴 수 있어서였다.

"아닙니다. 그런 말을 의외로 많이 들어서요."

"그래도 실수한 거는 실수한 거니까. 그런 의미로 한 가지

선물을 주고 싶은데.”

“선물 말씀이십니까?”

“그렇다네. 검제와의 비무 정도면 괜찮은 선물이지 않겠
나?”

남궁수가 장난스럽게 웃었다.

마치 이 정도면 크게 선심 쓴 것이라는 듯이 말이다.

하지만 그의 말에 유하성은 헛웃음을 흘렸다.

“선물이 아니라 애초의 목적이 그거 아니었습니까?”

“이런. 들켰군. 근데 자네도 싫지는 않은 것 같은데.”

“천하십대고수와의 비무가 흔한 건 아니니까요. 다만 선
물이라는 말은 어울리지 않는 것 같습니다.”

“그럼 뭘 원하는가? 야밤에 약속도 없이 불러냈으니 그에
따른 대가는 치러야지.”

남궁수가 고개를 주억거렸다.

어떻게 보면 아닌 밤중에 홍두깨인 상황이나 마찬가지였
다.

더욱이 유하성은 손님 신분으로 장원에 머물고 있었기에
결례를 범한 건 사실이었다.

“대가라.”

“원한다면 희수와의 식사 자리를 주선해 줄 수 있네. 참
고로 정말 많은 후기지수들이 원하는 소원 중 하나이기도
하지.”

고민하는 유하성의 모습에 남궁수가 은근슬쩍 한 가지 제안을 했다.

딸바보처럼 웃으면서 말이다.

"됐습니다."

그러나 유하성은 단칼에 거절했다.

일고의 가치도 없다는 듯이 말이다.

그 대답에 남궁수가 순간 멍한 표정을 지었다.

무림삼화로 불리는 그의 딸이 이렇게 퇴짜를 맞자 그는 일순 말문이 막혔다.

"시, 싫다고?"

"예."

"어째서?"

"제 취향이 아닙니다."

"아니, 왜?"

남궁수가 도저히 이해가 안 된다는 표정으로 계속해서 반문했다.

꽤나 놀란 모양인지 표정 관리가 전혀 안 되고 있었다.

"취향이 아닌 것에 대해 이유를 물으시면, 어떻게 대답해야 할지 모르겠네요."

"어떻게 내 딸을 깔 수가 있지?!"

남궁수의 언성이 높아졌다.

그의 딸이어서가 아니라 객관적으로 남궁희수는 미인이었

다.

그것도 무림삼화라 불리는 강호 대표 미인이 바로 남궁희수였다.

한데 일말의 고민도 없이 싫다고 하자 남궁수는 이 사실을 받아들일 수가 없었다.

"모든 사람이 다 남궁 소저를 좋아하는 건 아니지 않습니까."

"그건 그런데, 대개 남자들은 예쁜 여자를 싫어하지 않으니까. 혹시 취향이 독특한가?"

십인십색이라는 말처럼 사람마다 생각이 다르고, 취향도 달랐다.

그리고 그중에는 정말 희한하게 생긴 여자를 좋아하는 남자도 있었다.

심지어 남색가도 있었고.

"아뇨. 평범합니다. 저도 미녀 좋아합니다."

"근데 왜?"

"불편해서요."

"이해가 되지 않는군."

남궁수의 미간에 깊은 골이 생겼다.

아무리 생각해 봐도 이해가 가지 않아서였다.

오히려 자리 좀 마련해 달라고 빌어도 모자랄 판에 퇴짜를 놓으니 남궁수는 어이가 없었다.

"그리고 엄밀히 말하면 선물이 아니지 않습니까."

"으음!"

남궁수가 침음을 흘렸다.

정곡을 제대로 찔러서였다.

그래서 그는 일단 한발 물러났다.

"선물은 생각해 보겠습니다. 당장은 떠오르는 게 없어서."

"묵혀 두는 것도 나쁘지 않지."

"그럼 슬슬 시작하는 게 어떻겠습니까? 일부러 장소도 여기로 정하신 것 같은데."

"맞네."

본래의 신색을 되찾은 남궁수가 고개를 주억거렸다.

그러고는 날카로운 눈으로 유하성을 쳐다봤다.

남궁희수의 아빠가 아닌, 검제로서 그를 응시했던 것이다.

"저는 준비되었습니다."

"참고로 난 대충 할 생각 없네."

"저 역시 바라던 바입니다."

유하성이 씨익 웃었다.

지도 대련은 애초에 생각하지도 않았다.

그걸 바랐다면 여기까지 올 생각도 없었고.

"젊어서 그런가. 확실히 패기가 있어. 내 딸아이도 단칼에 거절하고. 우리 딸이 이런 대접을 받을 아이가 아닌데."

"아직도 꽁해 있으신 겁니까."

"어쩔 수 없네. 자네도 딸을 낳아 보면 지금 내 심정을 알게 될 거야. 자식이 없으면, 절대 이해할 수 없지. 암."

"그렇습니까."

유하성은 건성으로 대답했다.

그의 말마따나 이해하기가 쉽지 않아서였다.

사실 남궁희수에 대해서는 크게 생각하지 않기도 했고.

미녀라는 건 알지만, 인연이 닿는다면 혼례를 올릴 생각도 있지만 아직은 아니었다.

'그러고 보니 나이 차이가 꽤 나는군.'

유하성이 알기로 남궁희수의 나이는 올해 열여덟이었다.

그녀에게 전혀 관심이 없지만 떠버리 이춘상 때문에 자연스럽게 알게 되었다.

자그마치 열두 살이나 차이가 났기에 유하성은 여인이라기보다는 여동생에 가까운 느낌이었다.

"호오. 마음이 조금 바뀌었나?"

"나이 차이가 열두 살입니다. 아무리 정략결혼이 흔한 명문세가라지만 이건 아버지로서 너무한 거 아닙니까?"

"뭘 열두 살 가지고. 강산이 두 번 바뀌는 나이 차에도 새신부를 들이는 경우가 허다한데. 그에 비하면 이건 양반이지. 남자는 나이보다는 능력이지. 무력이 되었건, 집안이 되었건. 나 역시도 아내와는 나이 차이가 제법 나고."

"시작하죠."

남궁희수를 떠올리는 것만으로도 미소가 나오는지 다시 헤벌쭉 웃는 남궁수의 모습에 유하성이 주먹을 쥐었다.

기수식까지는 아니더라도 가장 편한 자세를 취했던 것이다.

그 모습에서 자연스레 흘러나오는 기도에 남궁수도 퍼뜩 정신을 차리고는 허리에 있는 검을 뽑았다.

"좋은 기도야."

"감사합니다."

"그래도 선배인데 먼저 공격할 수는 없지. 선공을 양보하겠네."

"보통은 세 초식 정도 양보해 주는 게 미덕 아닙니까?"

"그 정도까지는 아니지 않나?"

남궁수가 씨익 웃었다.

이미 후기지수의 수준을 아득히 뛰어넘어 있는 무인이 유하성이었다.

웬만한 중견 고수들도 가볍게 씹어 먹을 정도의 수준이었기에 남궁수는 얼토당토않은 소리 하지 말라는 듯이 실소를 흘렸다.

"알겠습니다. 그럼, 가죠."

타악!

남궁수를 직시하며 유하성이 땅을 박찼다.

그런데 그의 기세가 평소와는 달랐다.

지금까지의 싸움에서는 물 흐르듯이 유려한 움직임을 주로 보였는데 지금은 상당히 직선적이었다.

그뿐만 아니라 전신에서 흘러나오는 기세도 예전과 달리 사뭇 강렬했다.

'한 점에 모은다.'

태극권이라고 해서 부드러운 움직임만 있는 건 아니었다.

때로는 그 어떤 무공보다 패도적일 수도 있는 게 태극권이었다.

우우웅!

땅을 박차면서 시작된 반동을 발목, 무릎, 허리, 어깨로 끌어 올리며 유하성은 진기를 회전시켰다.

신체 내부에서부터 힘을 극대화시켰던 것이다.

그리고 하체에서부터 거듭 강해지며 올라온 힘은 팔꿈치와 손목을 넘어 주먹 끝에 집중되었다.

따아앙!

겉으로 보기에는 단순한 정권 찌르기였으나 위력은 절대 경시할 수준이 아니었다.

그걸 한눈에 알아봤기에 남궁수는 검 면을 이용해 유하성의 정권을 막았다.

"전사경인가. 역시 무당이야. 발경이 예사롭지 않군."

단 한 수였으나 남궁수는 역시나란 표정을 지었다.

탄탄한 기본기에서부터 펼쳐지는 무공의 정수를 볼 수 있어서였다.

더불어 이 정권 하나에 유하성이 쏟아부은 노력과 시간도 함께 느낄 수 있었다.

"완벽하게 막으신 분이 할 말씀은 아닌 것 같습니다만."

"허어. 수련한 세월이 있는데 이 정도는 당연하지 않나. 그리고 검제라는 별호는 거저 얻은 게 아니라네."

후우우웅.

말과 함께 남궁수의 검이 허공을 갈랐다.

그 흔한 검기 하나 서리지 않은 평범하기 짝이 없는 찌르기였으나 유하성은 두 눈을 부릅떴다.

검로가 분명 훤히 보이는데 피할 길이 보이지 않아서였다.

단순하지만 그렇기에 얼마든지 자유롭게 변할 수 있다는 느낌을 풍겼기에 유하성은 우선 옆으로 움직였다.

스윽.

그러자 남궁수의 검이 기다렸다는 듯이 따라왔다.

유하성의 움직임에 실시간으로 반응했던 것이다.

하지만 반대로 말하면 유하성 역시 남궁수의 검을 보고 있다는 뜻이었다.

스슥. 스스슥.

유하성은 따로 보법을 배우지 않았다.

그가 명운에게 배운 건 오직 하나, 태극권뿐이었다.

그렇기에 보법도, 신법에도 이름은 없었다.

한데 놀랍게도 유하성은 이름 없는 보신경으로 남궁수의 검을 절묘하게 회피하고 있었다.

'호오.'

그 모습에 남궁수의 눈동자에 이채가 떠올랐다.

무당파가 자랑하는 보신경인 제운종도, 칠성둔형도 아닌데 묘하게 눈에 익어서였다.

닮은 듯 닮지 않은 느낌이라고나 할까.

그러나 분명한 건 성취가 결코 낮지 않다는 것이었다.

'역시 재미있어.'

남궁수가 씨익 웃었다.

언뜻 보기에 단순한 듯 보이지만 그의 검은 수많은 변화를 내포하고 있었다.

언제든지 다양한 검세로 변화할 수 있는 게 지금 그의 검이었다.

유하성 역시 그걸 알기에 조심스럽게 움직이는 것이었고.

'하지만 탐색전은 길 필요가 없지.'

쉬이익.

짙어지는 미소와 함께 남궁수의 검식이 일변했다.

느릿하면서도 단순했던 검이 한순간에 변했던 것이다.

더욱 빠르고 날카롭게 변한 검이 벼락처럼 유하성의 요혈을 파고들었다.

유하성의 호흡을 빼앗으며 전광석화처럼 쇄도했던 것이

다.

"흡!"

느닷없는 변화였으나 유하성은 당황하지 않았다.

다양한 변수에 대해 준비하고 있었기에 빠르게 대응했다.

파고드는 남궁수의 검을 손등으로 흘려 냈던 것이다.

그러나 이건 남궁수도 예상했던 움직임이었다.

스윽!

검신이 미끄러지기 무섭게 남궁수는 손목을 비틀었다.

유하성이 검 면을 이용해 흘려 내는 순간 찌르기에서 베기로 변환한 것이다.

그런데 유하성도 만만치 않았다.

일순간 바뀌는 궤적에도 당황하지 않고 철판교를 펼쳐 남궁수의 검을 피했다.

부우웅!

종이 한 장 차이로 상반신을 훑고 지나가는 검신을 끝까지 주시하며 유하성이 몸을 일으켰다.

하지만 그 짧은 순간에 검을 회수한 남궁수가 재차 검을 뿌렸다.

오늘 낮에 본 적이 있는 창궁무애검법을 펼쳤던 것이다.

그러나 남궁준이 펼친 것과는 천양지차였다.

이게 바로 진짜 창궁무애검법이라는 듯이 남궁수의 검이 맹렬하게 유하성의 전신요혈에 쏟아졌다.

'전부 다 흘리는 건 불가능하다.'

남궁준의 창궁무애검이 유와 강의 조화를 이루고 있다면 남궁수는 달랐다.

빠르고 사나웠다.

그러면서도 정확하게 사혈만 노리는 날카로운 검격에 유하성은 검세를 전부 다 피하는 건 불가능하다고 판단했다.

그렇다면 방법은 하나뿐이었다.

투웅. 퉁. 투두두둥.

유하성의 양손이 정신없이 움직였다.

끊임없이 회전하며 폭우처럼 쏟아지는 남궁수의 검격을 흘려 냈다.

튕겨 내기보다는 흘리는 데 중점을 두었던 것이다.

그것도 최소한의 힘만 이용해서 말이다.

"상당한 수준의 사량발천근이로고!"

정확하게 힘의 중심을 흔들어 방향을 비틀어 버리는 수법에 남궁수가 감탄했다.

말은 쉬우나 이 정도로 사량발천근을 펼칠 수 있는 무인은 드물었다.

그런데 그걸 유하성이 하고 있었다.

심지어 그를 상대로 말이다.

웅웅웅!

그 모습에 남궁수는 궁금증이 일었다.

유하성이 과연 어디까지 흘려 낼 수 있을지 궁금해졌던 것이다.

그래서 그는 검기를 뛰어넘어 검강을 일으켰다.

"이것도 받아 보게나!"

창천을 닮은 듯한 짙푸른 검강이 유하성에게 쇄도했다.

단순하기 짝이 없는 일도양단의 초식이었으나 검을 뿌린이가 검제였다.

그것도 검강을 일으켜서 휘두르는 것이었기에 유하성은 이를 악물었다.

언뜻 보기에는 단순해 보였으나 유하성은 알았다.

이 일검에 창궁무애검법의 정수가 담겨 있음을 말이다.

그렇기에 유하성은 태극권만으로는 힘들다고 판단했다.

'대성한다면 모르겠지만, 아직은 무리다.'

무당파의 그 누구보다 태극권의 성취가 높고 해박한 유하성이었으나 남궁수의 일검을 막을 엄두가 나지 않았다.

그래서 유하성은 움켜쥐었던 주먹을 활짝 폈다.

어느 순간 세상에서 잊힌 무공을 꺼내기로 결심한 것이었다.

"호오?"

놀라울 정도로 높은 수준의 태극권을 펼치던 유하성이 양손을 펼치자 남궁수가 의아한 표정을 지었다.

손을 펼침과 동시에 유하성에게서 흘러나오는 기세가 달

라져서였다.

그 순간 유하성의 양손에서 처음 보지만 묘하게 익숙한 무공이 펼쳐졌다.

웅웅웅! 웅웅웅웅!

남궁세가의 기운이 창천을 닮았다면 무당파는 청천(淸天)의 기운을 품고 있었다.

그렇기에 유하성의 장심에서 뿜어져 나오는 장강은 남궁수의 검강과 비슷하면서 명백하게 달랐다.

다만 한 가지 공통점이 있다면 남궁수의 검강에 크게 밀리지 않는다는 점이었다.

퍼퍼퍼펑! 퍼퍼펑!

유하성의 양손이 끊임없이 움직였다.

그런데 방금 전과 다른 점이 있다면 태극권과는 다르게 양팔의 움직임이 직선적이라는 점이었다.

그리고 남궁수의 공격을 흘려 내기보다는 밀어 냈다.

"설마?"

남궁수의 눈동자가 커졌다.

끊임없이 이어지는 장강의 모습에 하나의 단어가 절로 떠올라서였다.

면면부절(綿綿不絕)이라는 말과 함께 한때 무림을 뒤흔들었던 무공.

그러나 어느 순간 맥이 끊어졌던 무공이 떠오르자 남궁수

武當覇王
무당
패왕

는 놀랄 수밖에 없었다.

터어엉!

계속해서 두들기는 파상공세에 남궁수의 검이 끝내 튕겨
졌다.

수십 번을 두들겨 대자 결국 남궁수의 검강이 버텨 내질
못하는 것이었다.

하지만 유하성은 거기서 만족하지 않았다.

지금껏 남궁수의 맹공을 흘려 내거나 피했던 것과 달리 지
금은 적극적으로 쇄도했다.

부우웅! 부웅!

쌍장을 연달아 내지르며 저돌적으로 달려들었던 것이다.

묵직한 파공성과 함께 연이어 쇄도하는 장강에 남궁수는
검을 크게 휘둘렀다.

면면부절이라는 말처럼 무당의 면장은 계속해서 상대를
공격했다.

직접 본 적은 없어도 면장에 대한 전설과도 같은 내용은
숙지하고 있었기에 남궁수는 흐름을 끊는 데 중점을 두었다.

쩌어엉!

그러나 유하성이 그런 그의 생각을 모를 리 없었다.

게다가 도중에 끊어지면 위력이 반감하는 게 면장이었기
에 유하성은 도리어 정면으로 달려들었다.

더 이상은 피하지 않겠다는 듯이 면장을 극성으로 펼쳤다.

"좋구나!"

패기 있게 정면 대결을 피하지 않는 유하성의 모습에 남궁수의 입가에 짙은 미소가 맺혔다.

오랜만에 제대로 된 비무를 하는 것 같아서였다.

거기다 상대하는 무공이 이제는 전설이 된 무당면장이었다.

그렇기에 남궁수는 더더욱 흥이 돋았다.

웅웅웅!

그런데 흥이 과하게 돋은 것일까.

남궁수의 기세가 일변했다.

창궁무애검이 사라지고 다른 검이 나타났던 것이다.

'제왕검형(帝王劍形)!'

처음 보는 무공이었지만 유하성은 보는 순간 본능적으로 알 수 있었다.

지금 남궁수가 펼치려는 무공이 제왕검형이라는 사실을 말이다.

그저 기수식을 취하는 것뿐인데도 온몸을 짓누르는 무시무시한 압박감에 유하성은 입술을 깨물었다.

남궁세가 최강의 무공이자 대성한다면 당대의 천하제일인으로 만들어 주는 무공이 바로 제왕검형이었다.

"이것도 받아 보게나!"

후우우웅.

단순히 기세를 일으킨 것뿐인데도 유하성이 받는 압박감은 상상을 초월했다.

기도뿐만 아니라 공간 자체를 짓누르는 중압감에 호흡조차 마음대로 할 수 없었다.

반면에 남궁수는 너무나 평온한 얼굴로 검을 휘둘렀다.

칼밥 좀 먹은 이라면 누구나 펼칠 수 있는 일도양단의 초식이었으나 펼치는 이가 남궁수였다.

심지어 검에 서려 있는 무리는 제왕검형이었고.

그렇기에 절대 경시할 수 없었다.

으득!

전신을 짓누르는 무지막지한 압박감을 이겨 내며 유하성은 두 팔을 연달아 내질렀다.

면장은 절대 흐름이 끊기면 안 되었다.

그리고 그 말은 달리 말하면 쉬지 않고 상대를 몰아쳐야 한다는 말과도 같았다.

그래서 유하성은 이를 악물고서 면장으로 남궁수의 검을 두들겼다.

부우우웅.

하지만 다가오는 제왕검형을 막기에는 역부족이었다.

느릿하지만 확실하게 거리를 좁혀 오는 제왕검형의 모습에 유하성은 입술을 깨물었다.

면장만으로는 남궁수의 제왕검형을 감당하기가 불가능하

다는 생각이 들었다.

'어떻게 할 것이냐.'

그리고 그 모습을 남궁수가 유심히 쳐다봤다.

유하성이 어떤 대응책을 내놓을지 궁금했던 것이다.

사실 그는 제왕검형을 꺼낼 생각까지는 없었다.

상당한 수준이라는 걸 알아보긴 했으나 이 정도일 거라고는 생각하지 않아서였다.

'면장이 다가 아닐 터.'

소실되었다고 알려진 면장을 펼치는 유하성이었다.

더욱이 유하성의 실력을 생각하면 무당파의 다른 상승절학을 익히고 있을 가능성이 컸다.

속가제자라고 하나 면장을 익혔으면 다른 무공 또한 제한이 없을 터였다.

때문에 그는 기대가 되었다.

'보여 봐라.'

남궁수의 눈이 빛났다.

아직 포기한 눈빛이 아니라는 걸 알기에 그는 더욱 빠르게 검을 움직일 수 있었음에도 서두르지 않았다.

충분히 고민하고 해결책을 찾아낼 시간을 주었다.

생사결이 아니기에 손 속에 사정을 둔 것이었다.

스으윽.

그때 유하성의 기세가 다시 한번 바뀌었다.

무당
패왕
武當
霸王

어떻게든 유지하던 면장을 스스로 거두었던 것이다.

하지만 포기한 건 아니었다.

또한 유하성 역시 남궁수의 심리를 꿰뚫어 보고 있었다.

'손 속에 사정을 둔다면, 여유가 없게 만들어 주면 될 일이지.'

유하성의 눈빛이 달라졌다.

사실 이곳에 오기 전 유하성은 잠깐 고민했었다.

세상에 드러내지 않았던 무공을 꺼낼지 말지에 대해서.

그러나 고민은 짧았다.

'언젠가는 드러날 무공이다. 또한 사부님께서 완성하신 무공이고.'

하산하면서 유하성이 다짐한 게 있었다.

세상이 모르는 사부의 존재를 자신이 알리겠다고 말이다.

그게 사부에게 보은하는 한 가지 방법이라고 생각했다.

쩌어어엉!

지금까지의 기세와는 전혀 다른, 흉포한 기세가 유하성에게서 솟구쳤다.

더불어 조화를 중시하는 태극권과는 상반된 일장이 폭발하듯 뿜어졌다.

뇌성을 닮은 듯한 소리와 함께 허공을 찢어 버리는 굉음이 터져 나왔던 것이다.

"큭!"

동시에 남궁수의 신형이 비틀거렸다.

정확히 검극을 강타한 일격에 큰 충격을 받은 것이었다.

그러나 육체적인 충격은 정신적인 충격에 비하면 아무것도 아니었다.

면장과 마찬가지로 지금 펼친 무공 역시 생전 처음 보는 장공이었으나 남궁수는 단번에 알아차릴 수 있었다.

꽈아앙! 꽈앙!

하지만 놀라고 있을 새가 없었다.

우연찮게 잡은 기세를 놓치지 않겠다는 듯이 유하성이 연거푸 장강을 뿌렸다.

쉴 새 없이 그를 몰아붙였던 것이다.

게다가 단순히 강력한 것을 넘어 침투경까지 서려 있었기에 충돌할 때마다 기맥들이 은근히 아파 왔다.

'과연 십단금!'

일격 일격이 태산을 뭉개 버릴 정도로 강력하고 패도적인 모습에 남궁수는 감탄을 금치 못했다.

면장에 이어 십단금도 부활시킨 것 같아서였다.

그러나 한편으로는 의문이 들었다.

면장은 물론이고 십단금 역시 무당파의 정수이자 대표하는 무공이었다.

속가제자가 결코 익힐 수 없는 무공이었기에 남궁수는 의아했다.

일반적으로 무당파의 속가제자가 익힐 수 있는 무공은 한계가 있어서였다.

꽈아아앙!

거기다 유능제강(柔能制剛)을 기본으로 삼는 게 무당파의 무공이었다.

하지만 십단금은 달랐다.

지독할 정도로 패도적이고 강맹했다.

이게 무당파의 무공인가 싶을 정도로 말이다.

"흐읍!"

게다가 십단금의 무서운 점은 막강한 위력이 아니었다.

바로 점점 더 강해진다는 점이었다.

위력이 중첩되다가 어느 순간 폭발하는 무시무시한 무공이 십단금이었기에 남궁수도 더 이상은 여유를 부릴 수 없었다.

열 번 중첩되어서 터질 수도 있지만, 그 전에 폭발할 수도 있었다.

터지는 순간을 결정하는 게 유하성이었기에 최선의 방어는 이 흐름을 끊는 것이었다.

아니면 멀리 튕겨 내거나.

쑤아아앙!

남궁수의 결정은 둘 다였다.

어느 시대나 천하제일검법을 논하면 반드시 꼽히는 검공

이 제왕검형이었다.

그런 제왕검형을 익힌 그가 물러나고 피하는 건 말이 되지 않았다.

왕은 도전자를 피하지 않았기에 남궁수는 정면 대결을 선택했다.

꽈아아앙!

시퍼런 장강이 충돌하는 순간 폭발했다.

그리고 어마어마한 반발력이 전신을 엄습했지만 남궁수는 물러나지 않았다.

오히려 진기를 더욱 끌어올리며 검을 찔렀다.

이대로 십단금을 찢어 버리려는 것이었다.

꾸우욱!

그러나 유하성도 순순히 밀리지는 않았다.

숨겨 두고 숨겨 두었던 십단금을 꺼낸 만큼 한 치도 밀려나지 않고 오히려 더욱 다가갔다.

남궁수와 마찬가지로 유하성 역시 회피보다는 정면 승부를 선택한 것이었다.

'모든 걸 쏟아붓는다!'

면장도 그렇지만 십단금은 그와 사부의 모든 것이 담겨 있는 무공이었다.

무당파 최고의 무학이라는 태극혜검을 보지는 못했으나 유하성은 자신과 사부가 복원한 십단금이 태극혜검보다 못하다고 절대 생각하지 않았다.

그렇기에 제왕검형과 비교해도 결코 뒤떨어지지 않는다고 생각했다.

그 때문에 유하성은 혼신의 힘을 다해 아홉 번째 일장을 내질렀다.

꽈아아앙!

이윽고 아홉 번 동안 중첩된 십단금이 폭발했다.

한 번 더 중첩시킬 수도 있었지만 유하성은 지금을 선택했다.

열 번을 채우면 남궁수가 짐작하고 대비할 게 분명해서였다.

그럴 바에는 차라리 예상치 못한 시점에 터트리는 게 나았다.

부르르!

십단금은 가공할 위력을 가지고 있지만 그만큼 내공 소모도, 신체에 가해지는 부담도 컸다.

강력한 힘을 사용하려면 그에 견딜 수 있는 육체가 필수였다.

그렇기에 지금껏 악착같이 수련했던 것이기도 했다.

하지만 그럼에도 육체에 가해지는 부담이 상당했다.

'실전에서 십단금을 펼친 건 처음이기도 하고.'

혼자서는 수도 없이 펼친 게 면장과 십단금이었으나 실제로 상대에게 펼친 건 처음이었다.

또한 검제 정도의 고수와 대련하는 것도 처음이었고.

그렇기에 많은 부분에서 미숙한 모습을 드러낼 수밖에 없었다.

펼치고 나서 알게 되는 게 많다고나 할까.

하지만 이 또한 경험이었다.

그렇게 생각하며 유하성은 재차 공력을 끌어 올렸다.

회심의 일격을 날렸으나 아직 승부는 끝난 게 아니었다.

투둑. 투두둑.

폭발과 함께 주위는 짙은 먼지구름으로 가득했다.

그러나 시야가 차단되었다고 해서 상대의 위치를 파악하지 못하는 건 아니었다.

경지가 높아질수록 시각이 차지하는 비중은 점차 줄어들었기에 유하성은 남궁수가 있는 곳을 향해 손을 내뻗었다.

그런데 그 순간 귀신처럼 검극이 나타났다.

흠칫!

먼지구름을 꿰뚫으며 남궁수의 검은 정확히 유하성의 미간 앞에 멈췄다.

반면에 유하성의 주먹은 남궁수에게서 상당히 떨어져 있었다.

"면장에 십단금이라. 정말 깜짝 놀랐어. 전설이 된 무공을 견식하게 될 줄이야."

"⋯⋯그런데 졌군요."

"포기한 눈빛이 아닌데?"

미동도 없이 검을 들고서 남궁수가 장난스럽게 말했다.

누가 봐도 그의 승리였으나 남궁수는 알았다.

아니, 정확하게는 직감이 말해 주고 있었다.

아직 무언가가 더 남았다고 말이다.

"여기서 더 뭘 할 수 있는 게 없지 않습니까."

"흐음."

남궁수의 미간이 깊어졌다.

이기긴 했으나 개운하지가 않아서였다.

왠지 모르게 뒷간에서 볼일을 보고 뒤처리를 제대로 하지
않은 듯한 기분에 남궁수가 불만스러운 표정을 지었다.

"생사결도 아니지 않습니까."

"생사결이었다면 달라졌다는 이야기인가?"

"말이 그렇다는 겁니다."

남궁수가 피식 웃었다.

지금의 발언이 묘하게 의미심장하게 다가와서였다.

그러나 더는 묻지 않았다.

유하성의 말마따나 생사결이 아닌 단순한 비무일 뿐이었
다.

'평범하지는 않았지만 말이지.'

납검을 하며 남궁수가 실소를 흘렸다.

십단금을 꺼내 든 순간부터 그 역시 진지하게 비무에 응했다.

그리고 그 말은 유하성이 그 정도의 고수라는 점이었다.

천하십대고수의 일인이자 검제라 불리는 그가 마음먹고 제왕검형을 펼칠 정도로 말이다.

"진지하게 묻는 건데, 내 딸한테 정말 관심 없나?"

"……없습니다만."

"한 이 년 후에는 어떤가? 그때가 되면 희수가 스무 살이 되는데."

남궁수가 탐난다는 표정을 감추지 않으며 물었다.

처음에는 단순히 식사 자리를 마련해 주려고 했으나 비무를 하고 나니 생각이 바뀌었다.

무당의 진산제자였다면 애초에 욕심이 나지 않았을 것이었다.

하지만 유하성은 혼인이 가능한 속가제자였다.

그것도 무당의 면장과 십단금을 익힌.

아마도 소실된 무공을 복원하며 익힌 게 분명할 터였다.

'용을 잡을 수 있는 방법은 딱 한 가지뿐이지. 승천하기 전에 잡아야 해.'

이번 비무로 남궁수는 알 수 있었다.

무당에서 신룡이 나왔음을 말이다.

아들인 남궁준이 인중룡(人中龍)이라면 유하성은 용중룡(龍

中龍)이었다.

그렇기에 남궁수는 하나뿐인 딸도 얼마든지 내줄 수가 있었다.

물론 유하성의 생각은 전혀 달랐지만 말이다.

제17장 돌고 돌아

늦은 밤이었으나 황주연은 잠자리에 들지 않았다.

잠이 안 오기도 했고, 황만덕이 차나 한잔하자고 했기에 침의에 겉옷 하나를 걸치고서 부친의 방을 찾았다.

"앉거라."

"네."

"너도 잠이 안 오는 모양이구나."

"생각할 거리가 많아서요. 궁금한 것도 있고."

"무엇을 그리 생각했더냐?"

황주연과 마찬가지로 편안한 복장을 하고서 차를 우려내던 황만덕이 웃으며 말했다.

그러자 황주연이 기다렸다는 듯이 대답했다.

"장주님께서는 어떻게 아신 건가요?"

"사적인 자리니 편하게 하거라. 우리 복장도 편하지 않더냐."

"예, 아버지."

"아버지라는 딱딱한 말보다는 아빠라는 말이 듣고 싶다만."

황만덕이 은근한 어조로 말했다.

그러나 그의 은은한 부탁에도 황주연은 꿈쩍도 하지 않았다.

대신 우아하게 따라 준 차를 들이켰다.

"이제는 영영 못 듣는 게냐?"

"노력해 볼게요."

"너무 일찍 철이 들었어."

황만덕이 아쉬운 표정을 지었다.

딸이지만 참 야무진 게 황주연이었다.

다만 너무 일찍 철이 들어서 그런지 어릴 때의 귀여운 모습이 완전히 사라졌다.

그게 황만덕은 너무나 아쉬웠다.

아이들이 일찍 큰다는 걸 알았지만 그럼에도 시간이 너무 빨리 흐른 것 같아서였다.

"언제까지고 아이일 수는 없으니까요. 지금 제 나이보다 어린 나이에 시집간 언니들도 있잖아요."

"그렇긴 하지. 사고를 아주 크게 치고 갔지."

부인이 많았기에 자식 또한 많았다.

그러나 그중에 제대로 정을 준 아이는 없었다.

그가 원해서 한 결혼보다 정략적으로 한 혼인이 더 많아서 였다.

하지만 자식은 자식이었기에 황만덕은 혀를 찼다.

"오빠들이 친 사고들에 비하면 낫잖아요."

"후우."

황만덕이 깊은 한숨을 내쉬었다.

어려서부터 많은 걸 가지고 태어나서 그런지, 아니면 그가 자식 복이 없는 것인지 아들들은 나이를 막론하고 온갖 사고 를 쳐 댔다.

혼전임신은 애교로 보일 정도로 말이다.

그것도 한두 명이 아니라 산발적으로 터트리는 사건 사고 에 한때는 정말 환장했던 적도 있었다.

"그런데 말씀 안 해 주실 거예요?"

"어떻게 알아보기는. 그냥 딱 보였다. 물론 처음부터 알아 보지는 못했지. 이 소협과 황보 공자의 일 이후에 유 공자님 을 봤으니까."

"관상학에 기반을 둔 직감인가요?"

"거기에 경험을 쌓으면 설명이 될 것 같구나."

"처음부터 확신하신 건가요?"

황주연이 눈을 빛냈다.

아무리 생각해 봐도 신기해서였다.

더구나 부친은 무인도 아니었다.

그런데 누구보다 먼저 유하성의 가치를 알아봤다.

"나도 사람인데 처음에 보자마자 확신을 할 수는 없지. 하지만 이런 생각은 있었다. 비록 지금은 알려지지 않았어도 나중에는 큰 인물이 되겠구나. 그러니 투자해야겠다고. 너도 알지 않느냐, 우리 가문의 가훈을."

"사람에 투자한다."

"맞아. 우리는 장사꾼이지. 물건을 싸게 사서, 비싸게 팔아 이문을 남기는. 하지만 이 거래는 사람과 사람 사이에서 이루어지는 것이다. 또한 재물 역시 사람이 만든 것이지. 돈 귀신에 잡아먹히지 않으려면 딱 한 가지만 생각하면 된다. 돈보다 사람이 더 귀하다는 것. 돈이 사람을 부리는 것 같지만 결국 돈을 부리는 건 사람이다."

"결국 안목인 건가요."

"장사꾼에게 있어 가장 필요한 덕목이지. 그렇기에 아무나 쉽게 얻을 수 없는 것이기도 하고. 이 아비도 젊었을 적에는 실수도, 실패도 많이 했지. 하지만 그런 과거가 있기에 오늘의 결과도 있는 것이기도 하지."

황만덕이 인자하게 웃었다.

딸이 무슨 생각을 하는지는 알겠으나 지금은 일렀다.

물론 목표를 크게 잡는 것은 좋았으나 너무 멀리 있는 목표는 막막함을 줄 뿐이었다.

그러니 거기까지 갈 수 있게 징검다리를 놓을 필요가 있었다.

"역시 그런가요."

"그러니까 다급하게 생각할 거 없다. 넌 이미 충분히 잘하고 있으니. 그보다 눈에 들어오는 사람은 없더냐?"

"흐음."

훅 들어오는 질문이었으나 황주연은 당황하지 않았다.

용봉회라는 자리가 어떤 자리인지 잘 알아서였다.

실제로 용봉회에서 만나 혼례를 올리는 경우도 많았다.

많은 가문들이 혼담을 주고받기도 했고 말이다.

"표정을 보아하니 썩 눈에 차는 남자가 없었던 모양이구나."

"생각지도 못한 인물이 등장해서요."

"허허허."

누구라고 말하지는 않았으나 황만덕은 딸이 누구를 지칭하는지 단번에 알아차렸다.

그러나 뭐라 하지는 않았다.

그로서는 그렇게 잘되어서 나쁠 것이 없었다.

"다가오는 사람은 많았어요."

"숫자는 중요하지 않지. 중요한 건 실속이 있느냐, 없느냐지."

"아직 용봉회는 끝나지 않았으니까요."

"어련히 잘할 거라고 믿는다."

미모는 무림삼화에 비해 조금 떨어질지 모르나 능력만큼은 똑 부러지는 게 황주연이었다.

그걸 알기에 많은 곳에서 혼담도 들어오는 중이었다.

하지만 서두를 생각은 없었다.

급한 문제가 아니었기에 황만덕은 차분히 고민해 볼 생각이었다.

똑똑똑.

"장주님."

"들어오너라."

그때 문밖에서 심복의 목소리가 들려왔다.

무슨 일이 생긴 모양인지 문을 두드렸던 것이다.

잠시 후 문이 열리며 무복 차림의 중년인이 방 안으로 들어왔다.

"방금 전에 구룡을 비롯하여 후기지수들이 움직였다고 합니다. 그런데 남궁세가 측에서 이동을 통제했습니다."

"가려고 했던 곳은 내가 예상하는 곳이겠지?"

"방향을 보면 맞는 듯합니다."

"통제라."

황만덕이 재미있다는 표정을 지었다.

다른 이들은 눈치채지 못했지만 그는 봤다.

모두가 이춘상과 남궁준의 비무에 시선을 빼앗겼을 때 그는 연회장 전체를 살피고 있었다.

그렇기에 한 사람이 유하성을 주시한 걸 보았다.

"왜 통제했을까요?"

"그럴 만한 이유가 있으니까 그랬겠지?"

"혹시 짐작 가시는 게 있으신가요?"

"결과가 궁금하면 앞뒤 상황을 보라는 얘기가 있지."

"짐작 가는 게 있으시군요."

의미심장한 부친의 미소에 황주연은 확신했다.

황만덕이 무언가를 알고 있다고 말이다.

"조금만 생각하면 너도 답을 알 수 있을 거다. 아무리 여기가 남궁세가라고 하나 구룡들의 신분 역시 평범하지 않지. 그런데 통제를 당했다면, 누가 지시를 내렸을까?"

"아!"

황주연이 탄성을 터트렸다.

그러고는 믿을 수 없다는 표정을 지었다.

답을 도출해 냈으나 그걸 믿을 수가 없어서였다.

"차분히 생각해 보니 쉽지?"

"왜 막았을까요?"

"그 또한 생각해 보면 추측할 수 있지 않을까 싶다만."

"……검제가 찾을 정도의 인물이란 건가요?"

"내 생각에는. 아닐 수도 있고. 나 역시 직접 본 건 아니니까. 다만 이 소협의 말을 떠올려 보면 자격은 충분하지."

황주연의 동공이 흔들렸다.

여러 개의 조각들이 모여 하나의 결론을 도출해 냈지만 순순히 믿어지지가 않아서였다.

심지어 유하성은 강호초출의 무명소졸이었다.

한데 그런 이를 검제가 불렀다?

'아니. 가능성은 충분해.'

부친이 인정한 인물이 유하성이었다.

그러니 남궁수 역시 같은 걸 봤을지도 몰랐다.

무인이라는 점에서 오히려 부친보다 더 많은 걸 꿰뚫어 봤을지도 몰랐고.

"자세히 알아봐. 남궁세가에 무례를 끼치지 않는 선에서. 우리는 엄연히 손님이니까."

"알겠습니다."

황주연이 골똘히 생각에 잠긴 걸 보며 황만덕이 심복에게 지시를 내렸다.

개인적으로 그도 궁금해서였다.

더불어 유하성이 과연 어디까지 올라갈지도 진심으로 궁금했다.

'허허. 걸음이 헛되지는 않았어.'

조용히 물러나는 심복에게서 시선을 거두며 황만덕은 찻

잔을 들었다.

"헉헉헉!"

"이거 가지고 죽으려고 하면 어떡해?"

"매, 매일 이렇게 수련하시는 건가요?"

"응."

새벽같이 찾아와 체력 단련을 함께하던 서문광이 죽을 것처럼 숨을 헐떡였다.

이미 무복은 전체가 땀에 절어 있었다.

검이 있지만 뽑을 힘조차 없는 상태에 서문광이 바닥에 주저앉았다.

"이 정도는, 기본적으로 해야 한다는 거군요."

"나도 체력이 이만큼 올라온 지는 얼마 안 됐어. 처음 합류했을 때는 너랑 비슷했지. 다리가 풀리지는 않았지만."

"죄, 죄송합니다."

"미안할 게 어디 있어. 원래 이 녀석들 수련이 좀 빡세긴 해. 근데 이상하네. 원래 제일 먼저 나오는 게 하성인데."

이춘상이 유하성이 사용하는 방을 쳐다봤다.

그러나 굳게 닫힌 창문으로 인해 내부는 전혀 보이지 않았다.

"오늘은 명상 수련을 하신답니다."

"지금껏 이런 적이 없었는데 말이지. 안 그래?"

"그렇죠."

함께 연무장을 돌던 원상이 고개를 주억거렸다.

유하성의 하루 일과는 거의 비슷했다.

특히 무슨 일이 있어도 하루에 수련하는 시간이 정해져 있기에 이춘상은 턱을 쓰다듬었다.

평소와 다르다면 그만한 이유가 있다고 생각해서였다.

"어제 무슨 일이 있었나?"

"별일은 없었습니다."

"꼭 다른 사람이 찾아오라는 법은 없지. 하성이가 나갔을 수도 있고."

"흐음. 일리는 있네요."

원상이 턱을 쓰다듬었다.

그러나 원호는 두 사람이 그러거나 말거나 홀로 수련에 매진했다.

외인이 두 명이나 있기에 무공초식을 수련할 수는 없지만 기본공은 달랐다.

특히 유하성이 태극권 하나만 익혀서 지금의 경지에 오른 걸 알았기에 근래 들어 원호는 기본 중의 기본이라 할 수 있는 태극권에 파고들었다.

"막말로 하성이가 마음먹고 나가면 너나 나나 기척을 감지할 수 있어?"

"없죠."

"누군가가 찾아왔다면 반대로 너나 나나 당연히 느낄 테고. 근데 어제 방문객은 없었지."

이춘상이 눈을 반짝였다.

처음에는 장난이었는데 어째 추리를 하다 보니까 묘하게 딱딱 맞아 들어가는 느낌이었다.

"이 소협 덕분에 많이 알려지기도 했으니 가능성은 충분하죠."

"슬슬 형님이라 부를 때도 되지 않았어? 우리가 함께한 시간이 이제는 제법 된 거 같은데."

"저는 도사인지라."

"흥. 도복도 입지 않으면서."

이춘상이 코웃음을 쳤다.

말은 도사라고 하지만 하는 행동을 보면 전혀 도사 같지가 않아서였다.

"아침부터 왜 애를 갈궈?"

"왜 이제 나와?"

"생각할 게 좀 있어서."

"어제 무슨 일 있었지? 응?"

이춘상이 두 눈을 게슴츠레하게 떴다.

그러고는 의심 가득한 눈빛으로 유하성을 노려봤다.

"일이 있기야 했지. 근데 알아보는 건 네 전문 아니었던가?"

"끄응!"

한마디로 순순히 말해 주지 않겠다는 말에 이춘상이 앓는 소리를 냈다.

자존심을 건드는 말이기에 더 이상 묻기가 힘들어서였다.

물론 자존심을 굽히고 물어볼 수도 있었으나 유하성의 성격을 생각하면 쉽사리 말해 줄 가능성이 희박했다.

"내일 떠날 거야. 그러니 오늘 하루는 둘 다 알아서 즐겨. 나는 연회장에 가지 않을 거니까."

"이곳에 계실 생각이십니까?"

"응. 생각할 게 좀 있어서."

"알겠습니다."

원상은 더 이상 묻지 않았다.

애초에 모든 일정은 유하성의 뜻대로였다.

그나 원호는 유하성을 보좌하는 게 임무였기에 따르기만 하면 되었다.

"어? 안 나간다고?"

"응. 너는 더 남아 있으려면 있고."

"무슨 소리. 아직 내 목적을 달성하지 못했는데. 그리고 네 말마따나 볼일은 다 봤지. 실속도 다 챙기고. 신비롭게 이쯤에서 퇴장해 주는 것도 나쁘지 않겠네. 우리가 사라져 줘야 구룡을 비롯해서 다른 후기지수들도 주목을 받을 테고."

이춘상이 으스대듯 중얼거렸다.

그런데 그 모습에 서문광이 부러운 표정을 지었다.

저렇게 말할 수 있다는 건 기본적으로 실력이 있어야 가능했기 때문이다.

현재 그로서는 절대 할 수 없는 것이었기에 서문광은 선망 가득한 눈빛으로 이춘상을 바라봤다.

"내가 거기까지 생각할 이유는 없고. 어쨌든 말은 해 둬야 할 것 같아서."

"그리 알고 준비하겠습니다."

"나도. 난 무당산까지 따라갈 거야."

이춘상이 두 눈을 형형하게 빛냈다.

원하는 목적을 달성하기 전까지는 바짓가랑이라도 잡고 매달리겠다는 눈빛이었다.

한편 세 사람을 쳐다보며 서문광은 아쉬운 표정을 지었다.

그래도 며칠은 함께할 줄 알았는데 내일 헤어져야 한다고 하자 서문광은 너무나 아쉬웠다.

"무당산까지?"

"내가 못 갈 곳은 아니잖아?"

"그렇긴 하지."

유하성이 고개를 끄덕였다.

소림사와 마찬가지로 무당파 역시 방문객이 많은 곳 중 한 곳이었다.

중원에서 명승지로 이름 높은 곳이기도 했고.

"너무 아쉬워하지 마. 만남이 있으면 헤어짐도 있는 법이니까. 우리가 영영 안 볼 것도 아니고."

"꼭 한번 서문세가에 놀러 오세요. 그때는 제대로 대접할게요."

"제대로건 건성이건 대접은 대접이지. 그리고 거지한테는 대충 대접해도 돼."

열여덟 살이지만 이상하게 나이보다 더 어려 보이는 서문광의 모습에 이춘상이 씨익 웃으며 어깨를 두드렸다.

말만이라도 고마워서였다.

하지만 서문광은 진심이었다.

"절대 그럴 수 없죠. 아버지께서 말씀하셨어요. 강호에서 살아가려면 원한도 잊지 말아야 하지만 은혜는 더더욱 잊으면 안 된다고요. 그리고 언젠가는 꼭 복수할 거예요."

서문광이 흔들림 없는 눈으로 말했다.

각오가 서린 남자의 눈빛에 이춘상은 아주 흡족한 미소를 지었다.

"좋은 마음가짐이야. 실패는 노력을 다한 다음에 생각해도 늦지 않아. 그러니까 열심히 해."

"다음번에 만났을 때에는 완전히 달라져 있을 거예요."

"좋아. 그런 의미에서 훈련을 계속해 볼까? 충분히 쉬었으니까."

"예!"

우렁차게 대답하는 서문광의 모습에 이춘상이 씨익 웃었다.

왠지 저 모습을 보니 힘들어하는 표정이 보고 싶어졌다.

"같이하자고."

"어? 방에 안 들어가?"

"너희 가고 명상해도 되니까. 오전 수련량을 채워야 하기도 하고."

유하성이 몸을 풀었다.

어젯밤의 비무를 복기하느라 생각했던 것보다 시간이 많이 흐르기는 했지만 아예 늦은 건 아니었다.

게다가 연회장에도 가지 않을 것이기에 유하성은 느긋하게 움직였다.

"자, 같이해 보자고! 혼자보다는 여럿이서 하는 게 더 재미도 있고, 의욕도 생기니까!"

"네!"

크게 동조하는 서문광의 모습에 이춘상이 히죽 웃고는 육체 단련을 시작했다.

중간중간에 서문광의 자세도 봐주면서 말이다.

물론 유하성은 그러거나 말거나 혼자만의 수련에 들어갔다.

또르륵.

허락 없이는 누구도 들어올 수 없는 자신의 집무실에서 남궁수는 홀로 차를 마셨다.

차향을 음미하며 생각에 잠겼던 것이다.

그런데 그 표정이 사뭇 심각했다.

짙은 고뇌가 서려 있었던 것이다.

똑똑.

"아빠. 저예요."

"들어오너라."

문밖에서 남궁희수의 목소리가 무거운 침묵을 갈랐다.

이윽고 문이 열리며 오늘도 어김없이 곱고 어여쁜 막내딸이 들어왔다.

보자마자 절로 미소가 지어지는 딸의 모습에 남궁수의 표정도 풀어졌다.

"잠은 평안히 주무셨는지요."

"그래. 너는 잘 잤느냐?"

"으음. 그럭저럭요?"

남궁희수가 애매하게 대답하며 앞에 앉았다.

그런 딸에게 남궁수는 익숙하게 차를 따라 주었다.

"안 좋은 꿈이라도 꾸었느냐?"

"그건 아니고요."

"하면 생각할 게 많았다는 뜻이로구나."

"그렇다고, 봐야죠?"

남궁희수가 슬쩍 웃었다.

확실하게 긍정도 부정도 하지 않았던 것이다.

"왜? 마음을 싱숭생숭하게 만드는 사내라도 있었더냐?"

"에이. 오빠가 있는데 웬만한 사내가 눈에 들어오겠어요?"

부친의 말에 남궁희수가 피식 웃었다.

강호제일기재라 불리는 이가 친오빠였다.

물론 어제 이춘상이라는 과거의 천재에게 비록 패배하기는 했으나 무인에게 있어 패배는 익숙한 일이었다.

천하제일인이 아닌 이상 언제나 이길 수는 없었다.

"어제 한번 꺾였는데?"

"다음에는 다를걸요. 오빠가 이를 갈고 있어요. 올해는 힘들지만, 내년에는 반드시 이 소협을 뛰어넘겠다고요. 저도 그렇게 생각하고요."

"내년이라."

남궁수가 의자에 몸을 기댔다.

의지는 좋았으나 그게 쉬울 거라는 생각이 들지는 않아서였다.

아들에게 시간이 주어진 만큼 이춘상에게도 똑같이 시간은 흘렀기에 격차를 좁히는 게 그리 쉽지만은 않을 터였다.

"힘들 것 같아요?"

"후개도 제자리에 가만히 있지는 않을 테니까."

"으음!"

남궁희수의 얼굴이 굳어졌다.

그건 생각하지 못해서였다.

"일단은 노력하는 게 중요하니까. 이제라도 제정신을 차려서 다행이고."

"좀, 그렇긴 했죠?"

"이제는 머리 좀 컸다고 내 말을 걸러 들으니."

"전 안 그러잖아요."

남궁희수가 부친의 손을 슬그머니 잡았다.

아들과는 역시 다른 애교에 남궁수가 헤벌쭉 웃었다.

별거 아닌 행동이지만 그는 이런 애교가 좋았다.

"그래서 천만다행이지."

"근데 무슨 일로 아침부터 부르신 거예요?"

"흠흠! 너에게 좀 묻고 싶은 게 있어서 말이다."

"저에게요?"

남궁희수가 눈을 동그랗게 떴다.

그러나 이내 그녀는 신중한 표정을 지었다.

왠지 모르게 느낌이 심상치가 않아서였다.

"내가 생각하기에 괜찮은 혼처가 있거든."

"정략결혼인가요."

조심스럽게 운을 떼는 남궁수의 말에도 남궁희수는 놀라

지 않았다.

명문세가에서 정략결혼은 낯설지 않은 풍경이었다.

아니, 정확하게는 대부분이 정략결혼이었다.

오히려 서로 좋아서 하는 결혼은 거의 드물었다.

"놀라지 않는구나?"

"각오는 하고 있었어요. 또 가문을 위한 일이잖아요. 저도 가문의 일원이고. 오히려 지금까지 별말이 없으셨다는 데에 감사하고 있어요."

"녀석."

남궁수가 안쓰러운 표정을 지었다.

딸의 나이가 열다섯이 넘었을 때부터 남궁세가로 엄청난 혼담이 들어왔었다.

하나같이 자기 아들과, 혹은 손자와 남궁희수를 맺어 주고 싶다는 뜻이었다.

그러나 수많은 혼담에도 남궁수는 모조리 거절했다.

아직은 때가 아니라고 생각하기도 했고, 딸과 어울릴 만한 상대가 아니라고 생각해서였다.

개인적으로 조금은 더 남궁희수를 품에 두고 싶기도 했고.

"그러니 너무 신경 쓰지 않으셔도 돼요. 남궁세가의 일원으로서 저는 무엇이든 할 각오가 되어 있으니까요."

평소의 웃는 모습이 아닌 다부진 딸의 모습에 남궁수는 묘한 감정이 슬쩍슬쩍 올라왔다.

아직 아이라고 생각했는데 그의 생각과는 달리 딸이 훌쩍 자란 것 같은 느낌이 들었다.

아이 같으면서도 다 자란 여인과도 같은 모습이 겹쳐 보이자 남궁수는 입안이 꺼끌꺼끌한 느낌이 들었다.

"……고맙구나."

"아니에요. 당연히 해야 할 일인데요. 그래서, 누구인가요?"

남궁희수가 조심스럽게 물었다.

다른 이도 아니고 아들이 검룡이라 불리는 남궁준이었다.

그런 만큼 웬만한 이는 눈에 차지도 않을 터였다.

구룡마저도 자신의 짝으로 아깝다고 늘 말했던 게 부친이었기에 그녀는 궁금해졌다.

"확정은 아니고, 그냥 탐이 나서 말이다. 그 녀석이 말이지."

"그 정도예요?"

"응. 내가 제왕검형을 사용할 정도니까. 그것도 보여 주기가 아니라, 진심으로."

"헉!"

남궁희수가 경악한 표정을 지었다.

듣고도 믿기지가 않아서였다.

게다가 남궁수가 이리 말한다는 건 노고수가 아니라 자신과 나이 차이가 그리 크지 않다는 걸 뜻했다.

"나이 차이가 열두 살 정도 나긴 하는데, 그 정도는 또 엄청난 건 아니니까. 그리고 내가 네 짝으로 가장 중요하게 생각하는 게 무력이기도 하고. 미인을 지키려면 그만한 능력을 갖추어야 하니까. 거기다 배경도 뭐, 나쁘지 않지."

남궁수가 말을 이으며 차를 들이켰다.

따지고 보면 조건은 정말 괜찮아서였다.

성격도 좀 까탈스럽긴 하지만 적어도 음흉하지는 않았다.

다만 가장 큰 난관이 있어서 그렇지.

"서른 살에 그 정도의 무인이 있다고요?"

"응. 나도 놀랐어. 꽤 할 줄은 알았는데, 그 정도일 줄은 몰랐거든. 근데 그게 다가 아닌 것 같기도 하고."

"……굉장하네요."

"확정은 아니고, 고민 중이야. 그래서 네 의견을 물었던 거고."

"저는 마음의 준비가 되어 있어요."

남궁희수의 말에 남궁수는 복잡한 표정을 지었다.

하지만 그렇다고 언제까지나 품에 두고 있을 수도 없었다.

그렇기에 그는 이왕이면 최고의 신랑감을 찾아 주고 싶었다.

'시간이 얼마 없다는 것도 문제고.'

남궁수의 눈빛이 복잡해졌다.

그리고 그런 부친이 조용히 생각할 수 있도록 남궁희수도
입을 다물었다.

"아쉽습니다."

갑작스러운 방문에도 황만덕은 조금도 당황하지 않았
다.

오히려 얼굴 가득 고마운 기색을 띠었다.

자신을 찾아왔다는 건 달리 말하면 그만큼 그를 신경 써
준다는 뜻과도 같아서였다.

"아닙니다. 말씀은 드리고 떠나야 하는 게 맞는 것 같아서
요."

"그렇게 생각해 주셔서 감사합니다. 허허."

여전히 아쉬운 기색으로 황만덕이 웃었다.

그리고 그의 옆에는 오늘도 고운 자태를 뽐내고 있는 황주
연이 있었다.

한데 유하성을 쳐다보는 그녀의 눈빛이 어제와는 확실히
달랐다.

"인연이라면 인연이니까요."

"감사합니다. 그렇게 생각해 주셔서. 이제 무당산으로 가
시나요?"

"좀 더 둘러보고 돌아갈 예정입니다."

"그러시군요. 그럼 이걸 받아 주십시오."

유하성이 의문 가득한 눈으로 황만덕을 쳐다봤다.

뜬금없이 자그마한 옥패를 하나 탁자 위에 올려놓아서였다.

"그리 대단한 건 아니고 저의 손님이라는 증표입니다. 아마 가지고 계시면 이런저런 일에 요긴하게 쓰실 수 있으실 겁니다."

"괜찮습니다."

"저는 인연을 소중하게 생각합니다. 그래서 지금만이 아닌, 앞으로도 유 공자님과 인연을 이어 가고 싶습니다. 그러니 부담 갖지 않으셔도 됩니다. 금와전장에서 돈을 융통할 수 있는 것도 아닙니다. 그냥 자잘한 도움을 받을 수 있을 정도입니다. 그러니 너무 부담 갖지 마시지요."

"알겠습니다."

황만덕의 말마따나 딱 보기에도 엄청난 물건 같지는 않았다.

여느 옥패와 크게 달라 보이지 않기에 유하성은 선물을 받아들였다.

나중 일은 어떻게 될지 몰랐기에 이 정도 연을 맺어 두는 것도 나쁘지 않다고 생각했다.

황만덕이 자신을 이용하고자 한다면 그 역시 황만덕을 이용하면 되었다.

'그게 거래고, 상인의 방식이니까.'

어떻게 보면 이게 더 깔끔했다.

그리고 사용하지 않으면 빚도 없었다.

나중에 일이 어떻게 될지 아무도 모르는 것이기도 했고.

"받아 주셔서 감사합니다."

"별말씀을."

옥패를 가져가는 유하성의 모습에 속으로 안도의 한숨을 내쉰 황만덕이 이런저런 이야기들을 해 주기 시작했다.

강호의 이야기가 아닌 사람 사는 이야기들을 해 주었던 것이다.

그 이야기를 유하성은 경청했고, 황주연은 조용히 그를 바라봤다.

휘이이잉.

익숙한 바람이 유하성의 코를 간질거렸다.

거의 일 년 만에 돌아온 무당산이었으나 달라진 건 역시나 없었다.

늘 그렇듯이 제자리에 있었다.

그리고 백 년 후에도, 천 년 후에도 이 자리에 있을 것이었다.

"하산한 지 얼마 안 된 거 같은데 기분이 묘하네요. 되게 오랫동안 떠나 있었던 느낌입니다.”

“그러네.”

원상의 말에 유하성은 고개를 주억거렸다.

반면에 원호는 별다른 감흥이 없는지 그냥 늘어지게 하품을 했다.

“올라가시지요.”

“어디까지 따라오게?”

정오를 막 넘긴 시간이라서 그럴까.

산문으로 향하는 비탈길에는 방문객이 거의 없었다.

다들 중식에 맞춰 이동한 것인지 한적한 산길을 오르며 유하성이 물었다.

“거처로 바로 가실 생각이십니까?”

“어. 거기가 내 집이니까.”

“원하신다면 다른 곳으로 옮기실 수 있도록 조치해 드릴 수 있습니다.”

“싫다.”

유하성은 단칼에 거절했다.

외지고 인적 드문 곳이지만 그에게는 사부님과의 추억이 서려 있는 곳이었다.

아는 이 없는 곳보다는 차라리 거처가 훨씬 더 나았다.

“알겠습니다. 그럼 내일 찾아뵙겠습니다.”

“편히 쉬십시오.”

원상과 원호의 인사를 받으며 유하성은 거처로 향했다.

　근 일 년 만에 돌아왔지만 마치 어제에도 있었던 것처럼 길이 익숙하고 편했다.

　"왔느냐."

다음 권으로 이어집니다